Olaf Trier

Das ewige Dilemma zwischen Pradaschlampe und Paranuss

„Pu…pab…pupedipab…pabab…pu, okay?"

Miles Davis

Olaf Trier

Das ewige Dilemma zwischen Pradaschlampe und Paranuss

Bibliografische Information der Deutschen
Nationalbibliothek:
Die Deutsche Nationalbibliothek verzeichnet diese
Publikation in der Deutschen Nationalbibliografie;
detaillierte bibliografische Daten sind im Internet über
http://dnb.dnb.de abrufbar.

Korrektorat: Pascal Jeff Beutgen, Olaf Trier

Herstellung und Verlag: BoD – Books on Demand,
Norderstedt

ISBN: 978-3-7448-3468-1

Inhaltsverzeichnis

Analysen zu später Stunde

2:30 h zeigt die Uhr in Form eines gut gelaunten Einhorns über der Küchentür. Das Einhorn hat statt eines Horns einen Joint auf der Stirn. Das ist mir früher nie aufgefallen. Dabei habe ich schon öfters in Enriques Küche gefeiert. Was ist, wenn der Joint abgebrannt ist? Verbrennt sich das Einhorn dann an der schädelnahen Glut? Wächst später ein neuer Glimmstängel aus dem Einhornschädel heran? Ist das eine Metapher für Pferde, die nach dem grasenden Genuss von durch den Klimawandel hier heimisch gewordenen Rauschpflanzen benebelt über die heimische Wiesen irren? Ich weiß es nicht. Wahrscheinlich wären die Antworten auch nicht relevant für die Weiterentwicklung der Menschheit.

Das wären aber gute Fragen für die Frau gewesen, mit der ich mich bis vor wenigen Minuten gestritten habe. Sie schien sich in der erweiterten Botanik auszukennen. Dauernd sagte sie, dass Hambi bleiben müsse. Sie wirkte dabei sehr entschlossen und unterstrich jedes einzelne Hambi mit einem Schluck Rotwein. Irgendwann, ich wollte auch was zum Gespräch beitragen, entgegnete ich, dass ich das nicht in Ordnung fände. Bevor ich die Begründung dieser Aussage erklären konnte, nämlich das ich die Verniedlichungsform Hambi im Gegensatz zu Hambacher Forst entsetzlich albern und kindisch finde, wurde ich als Klimakiller und gar Sklave des hiesigen Kohlekonzerns geschmäht. Obwohl sie sich dauernd chilenischen Rotwein nachgeschenkt und alle verfügbaren Avocado-Schnittchen alleine weggefressen hat! Immer diese Doppelmoral. Ich habe mich den ganzen Abend strikt an den Riesling aus der Eifel gehalten und nur Chips aus dem lokalen Einzelhandel gegessen. Zum Glück verschwand sie bald darauf aus der Küche, um in den bestimmt klimafreundlicheren Zonen dieser Wohnung neue und interessante Menschen kennenzulernen, die ihr in allem Recht geben.

Es ist Zeit, von dannen zu wanken. Enrique feiert immer in seinen Geburtstag rein und er dies gewohnt ausführlich getan. Seit halb acht bin ich schon hier. Um Acht bevölkerten schon mindestens 50 Leute seine 68 qm große Wohnung. Ich war fast den ganzen Abend hier in der Küche. Da, wo das Nahrungs- und Getränkeangebot zum längeren Verbleib einlädt und die Beengtheit Nähe und spontane Anknüpfungspunkte für weitere Aktivitäten schafft. Bei Enrique bedanke ich mich Morgen.

Die einhörnerne Uhr weist mir nun aber den Weg nach Hause. Langsam schiebe ich mich durch das Gedränge. Die Toilette liegt verkehrsgünstig neben der Haustür. Diese werde ich frequentieren und dann entschwinden. Der Flur ist ebenfalls dicht bevölkert, aber sanft verdrängend rückt das Zwischenziel näher. Die Tür mit der schönen Aufschrift *Tritt ein und lass los* ist zum Greifen nahe, da werde ich aufgehalten. Drei Frauen stehen im Flur zusammen und unterhalten sich lebhaft gestikulierend, wenig wertschätzend im Ton und in erhöhter Lautstärke. Meine Route ist blockiert. Ich verharre einen Moment, betrachte das Trio und sammle Kräfte für den letzten Meter. Sie tragen farblich bestimmt sehr zeitaufwendig zusammengestellte Outfits und dazu die farblich passenden Getränke. Da passt der Bordeaux zum Gürtel und der Aperol Spritz zur Strumpfhose. Wenn auch nicht geschmacklich. Ich bewundere ja insgeheim diese liebevolle Hingabe bei der Gestaltung des Äußeren, wenngleich die orangefarbene Strumpfhose eine beginnende

12

Laufmasche an der linken Ferse zeigt. Zu meiner Überraschung geht es thematisch bei dem lautstarkem Gespräch nicht um Männer und deren unberechenbares Verhalten in Beziehungen oder auf dem Weg dorthin, sondern um die Beförderung der Drei hin zu dieser Party und den Rücktransport nach Hause. Die an die Wand gelehnte Frau, vermutlich die Fahrerin, wirft der im Engpass mir den Rücken zukehrenden Frau vor, sie würde sich immer mitnehmen lassen. Sie wolle immer rumkutschiert werden und nie was bezahlen. Sie, die Fahrerin, hätte genug von dieser grundlosen Anspruchshaltung ihr und ihren anderen Freundinnen gegenüber. Die angesprochene Frau, die, die sich immer mitnehmen lässt und meinen Durchgang in Richtung Toilette mit ihrer körperlichen Präsenz am stärksten berhindert, zeigt kein Unrechtsbewusstsein und keift sichtlich erregt zurück. Das sei unverschämt, sie hätte ihr, der Fahrerin, bei einer der letzten Partys sogar ein Getränk ausgegeben. Ob das nichts zählen würde? Die dritte, bisher schweigsame Frau, sagt der erregten, orange bestrumpfthosten und des Geizes beschuldigten Frau daraufhin, dass sie bitte mal runterkommen solle. Die ausgegebene Nullzwei Cola habe Zweifuffzich gekostet. Dem ständen unzählige Fahrten zu Partys und wieder zurück gegenüber. Das sei ein ungesundes Verhältnis zwischen kutschiert werden und sich dafür erkenntlich zeigen. Folglich sei die Nutznießerin geizig *und* faul.

Da mische ich mich besser nicht ein. Aber ich muss diese Engstelle im Flur passieren, um mein Ziel zu erreichen. Noch drückt die Blase nicht, aber ich möchte präventiv tätig werden, um auf dem Heimweg, den ich zu Fuß zurückzulegen beabsichtige, nicht unter Druck gerate.

„Entschuldigen sie, dürfte ich bitte kurz vorbei?" spreche ich die angegriffene Frau mit Sparhintergrund hinterrücks an.

„Entschuldigung, darf ich mal hier durch?" äfft sie mich wenig überzeugend nach und legt direkt noch einen drauf.

„Sag mal, warum sind Männer eigentlich alle so scheiße?"

Da ist es wieder, das Thema, das viele Gespräche vorhin in der Küche geprägt hat und den Kennenlernprozess einiger aneinander interessierter Singles zueinander abrupt beendete. Nicht immer ist der Klimawandel schuld.

„Sind sie das?" frage ich verblüfft zurück.

Sie: „Natürlich. Ihr seid alle unzuverlässig und habt null Gefühl dafür, wie eine Frau tickt und wie sie behandelt werden will. Ihr seid alle gleich."

Das sind natürlich platteste Verallgemeinerungen, auf die ich schon aus Zeitgründen nicht eingehen werde. Ich möchte zur Toilette und dann nach Hause. Weitergehende Ziele habe ich aktuell nicht. Vielleicht kann ich einen Hinweis auf eine mögliche Lösung ihres Problems geben.

„Ich finde, Behandlungen sollten nur durch Ärzte und geschultes Fachpersonal vorgenommen werden. Laien, auch männliche, sind damit oft überfordert. "

Das ist doch sehr vernünftig, finde ich. Findet sie aber nicht. Sie reagiert barsch.

„Willst du mich verarschen? Sehe ich aus als ob ich einen Arzt brauche?"

Da muss ich jetzt vorsichtig sein. Das ist eine geschlossene Frage. Antworte ich mit Ja, kann das mit nonverbalen Reaktionen der unschönen Art enden. Die Hambiverniedlichungsfrau vorhin war schon dicht an der Grenze zur Tätlichkeit. Alkohol und überzogene Rechthaberei haben ihren Teil dazu beigetragen. Das könnte hier auch schon der Fall sein. Aber ein Nein wäre ein Einknicken vor der Aggression und somit völlig inakzeptabel. Die drei Frauen sehen mich vereint und sehr kritisch an. So schnell wendet sich das Blatt. Die, ich nenne

14

sie jetzt einfach mal die Geizige, will ablenken und ihre Freundinnen gegen mich positionieren. Sie ist vielleicht geizig, aber nicht auf den Kopf gefallen. Hier ist Haltung gefragt.

Der persönliche Angriff auf mich und meine zahlenmäßige Unterzahl wecken tief verborgene Gefühle des Größenwahns in mir, welche in der Endphase von sehr guten Partys hin und wieder aufkommen. Diese Situation schreit nach einer fundierten und integrierten Antwort durch geschultes Personal. Ich werde das übernehmen und ihnen helfen, ihnen allen. Dazu werde ich jetzt und hier völliges Neuland betreten und aus dem Stehgreif einen neuen Zweig der Psychologie gründen: Die Partypsychologie. Nein, das wäre zu kurz und unvollständig. *Die arrogante Partypsychologie.* Im Gegensatz zu den anderen beiden anderen erfolgreichen Strömungen innerhalb der Psychologie, der positiven Psychologie und der eher volksnahen Küchenpsychologie, bietet die arrogante Partypsychologie maximalen Unterhaltungswert für den analytisch vorgehenden Partypsychologen mit gelegentlichen Erkenntnissen für den oder die Adressatin der aufgedrängten psychologischen Betrachtung. Anwendbar ist die Partypsychologie, wie der Name schon sagt, ausschließlich auf Partys. Nur dort sind die Gegebenheiten dank des Getränkekonsums so idealtypisch, dass Patient und Therapeut sich entweder auf Augenhöhe oder auch gerne im Liegen begegnen können. Der große Vorteil der aPP, diese innovative Abkürzung ist mir auch gerade eingefallen, ist, dass zwischen Therapeut und Patient kein Vertrauensverhältnis bestehen muss. Im Gegenteil. Die Ablehnung der Patientin stachelt die Arroganz des Therapeuten richtig an und dieser nutzt die Energie um zu heilen. Oder so ähnlich.

Worum geht es hier, in dieser Situation? Streng genommen und auf das Wesentliche reduziert, geht es um Arroganz gegen Geiz. Den Aspekt der farblich zum Aperol nicht ganz genau passenden orangenen Strumpfhose mit Laufmasche will ich zunächst ausblenden. Wenn die Situation eskaliert, muss ich notfalls einen taktischen Rückzug einleiten und schnell zum Ausgang durchbrechen.

Die Geizige steht mit verschränkten Armen vor mir und guckt mich herausfordernd an. Demonstrativ hat sie sich so aufgestellt, dass ich nicht passieren kann. Ich werde auf sie eingehen und zuhören. Ich hebe meine Hände mit den Handflächen nach außen und zeige mich damit offen und gesprächsbereit.

„Lass uns die Sache sachlich klären und die Fakten eruieren."

Die Patientin: „Oho, Fakten. Na, dann leg mal los."

Ich zeige auf ihr halb gefülltes Weinglas.

„Das wievielte Glas ist das?"

Sie: „Was geht dich das an?"

Ich: „Von deiner Antwort hängt die Komplexität meiner Antwort ab. Mir ist wichtig, dass wir auf Augenhöhe interagieren. Sonst macht das hier alles keinen Sinn."

Sie glotzt mich an wie ein Auto. Da fällt mir auf, dass die Bräunungscreme an ihrem Hals sehr ungleichmäßig aufgetragen ist und die Innenseite des Kragens ihrer ansonsten weißen Bluse bräunlich eingefärbt hat. Ein ästhetisches Verbrechen sondergleichen. Ich unterdrücke ein Würgen.

Sie: „Zwei Gläser", sie räuspert sich, „fast drei. Oder so." Sie wankt leicht, strafft sich aber sofort wieder. Sie will keine Schwäche zeigen.

„So, so, fast drei Gläser Wein." wiederhole ich.

Sie: „Na und? Ich mache, was ich will. Was geht dich das an? Das macht ihr ja auch."

Schon wieder diese Verallgemeinerungen. Die anderen beiden Frauen nicken und lassen mich nicht aus den Augen. Ich muss sie, die zwanghaft sparsame Frau, dort abholen wo sie ist. Ich habe eine Vermutung, wo das sein könnte. Ich schließe die Augen und stochere im Nebel der ungewissen Ahnungen.

„Du bist verletzt worden, das kann ich spüren."

Ich mache eine Pause und stochere weiter im Nebel, weil kein Widerspruch kommt.

„Bist du verlassen worden? Ein Mann hat dich verlassen?"

Treffer! Sie funkelt mich an.

„Ja, hat er! Der Arsch. Ohne Vorwarnung! Bestimmt hat er sich irgendein Flittchen heimlich angelacht."

Da ist er, der wunde Punkt. Jetzt muss ich die richtige Vorgehensweise innerhalb der aPP wählen und diese konsequent anwenden. Ich nähere mich ihr so weit, wie es möglich und schicklich ist. Das ist leicht und unauffällig möglich, weil es bei diesem intensiven Gespräch sowieso ziemlich beengt zugeht. Die meisten Gäste sind sehr gut gelaunt, lachen, trinken und benehmen sich so, wie es sich für Partypublikum geziemt. In meiner kleinen Therapiegruppe ist die Stimmung eher angespannt. Ich denke nach. Ich könnte meine Empathie unter Beweis stellen und Verständnis zeigen für die verlassene Frau. Ich kann zwar gut zuhören, aber ist Empathie hier der richtige Ansatz? Die Stimmung ist aufgeheizt und mit Empathie könnte ich das alles zerstören. Nein, hier ist ein konservativer Ansatz bestimmt ratsam und gut vertretbar. Römisch-katholisch gewissermaßen. Strenge schafft Bewusstsein. Hoffe ich zumindest. Ich hebe einen Zeigefinger in die Höhe, senke den Kopf und hebe die

Stimme. Es muss schon päpstlich, etwa wie ein strenger Karol oder zumindest wie ein erkälteter Ratzinger, rüberkommen.

„Du hast mich angelogen. Ich habe gefragt, das wievielte Glas Wein du schon getrunken hast und du hast gelogen. Du lügst mich an." Ich werde lauter. Sie weicht minimal zurück.

„Hast du auch den Mann angelogen, der dich verlassen hat? Ein Mann verlässt seine Frau nicht ohne Grund!"

Die geizige Frau reißt die Augen auf und schreit mich an. „DAS stimmt nicht! Der Arsch hat *mich* hängengelassen!"

Ich hebe beschwichtigend eine Hand. „Halt ein, wütende Frau! Dein Ton ist unangemessen. Das Wort Arsch ist eine üble Wertung, die dir nicht zusteht! Aber ich will dir helfen und dich von Hass und Trübsinn befreien."

Drei Augenpaare schauen mich teils wütend, teils konsterniert an. Meine Patientin wiederholt sich: „Er ist ein Arsch…"

Ich: „Nein, ist er nicht. Er hat getan, was er tun musste. Ändere dein Denken, dein Handeln, sei großzügig und gib etwas von Dir. Und nimm andere mit. Neue Möglichkeiten werden sich ergeben!"

Die Freundinnen der Geizigen gucken immer noch streng, aber haben bei den Worten *großzügig* und *gib* leicht genickt. Ich fahre fort.

„Die Lösung ist ganz nah. Das Äußere, das Gesicht, die Kleidung spiegelt unseren Standpunkt und unsere Sorgen. Nun, schauen wir uns dieses Äußere an, das, was wir sichtbar der Welt von uns preisgeben wollen oder auch müssen. Das, was wir durch Sport, Kosmetik oder Akzeptanz des Verfalls beeinflussen können und oft auch tun."

Die Geizige reagiert aggressiv: „Hast du mir gerade gesagt, dass ich hässlich bin? Pass bloß auf." Sie hebt bedrohlich eine Faust.

Ich: „Nein. Als bekennender Ästhet sage ich dir ganz offen, dass ich das nicht beurteilen kann. Dazu müsste ich dich nackt sehen. Das lehne ich aber aus grundsätzlichen Erwägungen heraus ab. Das führt jetzt nicht weiter." Genau, das lehne ich jetzt ab. Wäre die verschmierte Bräunungscreme auf dem Kragen ihrer Bluse und die Laufmasche in der Strumpfhose nicht, würde ich vielleicht anders argumentieren. Hässlich ist sie nicht. Aber sie will ja immer unentgeltlich im Auto mitgenommen werden und ich zu Fuß nach Hause. Das passt doch alles nicht zusammen.

Die Drei sind sichtlich überrascht über den Verlauf des Gesprächs. Die Geizige steht jetzt wieder unter Druck, die anderen beiden wirken eher amüsiert und neugierig auf das, was jetzt kommt. Ich weiß es auch nicht. Aber irgendwie geht es immer weiter. Ich setze auf erprobtes Halbwissen und Improvisation. Weiter geht's.

„Beginnen wir unten, dort wo das Fundament unserer Stabilität liegt, wo Fuß und Schuh oft in unnatürlichen und ästhetisch fragwürdigen Ausprägungen aufeinander treffen und gnadenlos miteinander ringen."

Die zwei Freundinnen gucken interessiert die Schuhe der Geizigen an. Ich sehe mir ihre Füße, beziehungsweise ihre Schuhe ebenfalls für zwei, drei Sekunden an. Es sind vorne offene, spitz zulaufende High Heels in einem auswurfgrünen Farbton. Die Zehen sind noch ansatzweise an der Spitze sichtbar. Sie werden durch den vorne viel zu eng zulaufenden Schuh bestimmt zusammengedrückt und längerfristig sogar verformt. Aus diesen Beobachtungen lässt sich doch eine schöne und sehr steile These zimmern.

„Die Haltung deiner Füße, die daraus resultierende Instabilität und dein stetiger Aufwand beim Aufrechterhalten deines nicht uninteressanten Körpers sind gleich drei deutliche Hinweise darauf, dass wir, nein, du dich weit jenseits des dritten Alkoholischen Getränkes befindest. Das wird auch durch den links sichtbar erschlafften Mundwinkel und die Tendenz zum Speichelverlust beim Sprechen unterstrichen." Sie greift entsetzt an ihren Mund und wischt den nicht vorhandenen Speichel fort.

„Deine Zehen sind Sinnbild des Drucks, unter dem du stehst. Du willst diesen Druck an andere weitergeben, spürst aber überall Widerstand. Je mehr Druck du ausübst, desto mehr steigt der Druck auf dich."

Die Geizige wehrt sich verbissen. „Das ist doch alles Quatsch. Meinen Zehen geht es super und mir auch." Die Fahrerin unterbricht sie: „Jetzt hör ihm doch erst mal zu." Die andere Freundin pflichtet der Fahrerin bei: „Genau, hör ihm mal zu."

Die Geizige sieht sich eingekreist, gibt aber nicht auf.

„Warum meinst du eigentlich, dir diese Urteile leisten zu können?"

„Weil ich diese Situation schon viele Male erlebt habe. Und ich erkenne deine Verhaltensmuster."

„Und was ist die Lösung du Schlauberger?" fragt sie. Da drängt sich Enrique zwischen uns.

„Na ihr Süßen, wie ist die Stimmung?" Das Geburtstagskind ist schwer angetackert. Die unter Druck stehende Frau zeigt auf mich: „Der Typ will mir weismachen, dass ich total unter Druck stehe. Also meine Füße und ich auch irgendwie."

Die Fahrerin: „Das stimmt ja wohl auch!"

Ich: „Enrique, ich wollte wirklich nur vorbei, um zur Toilette zu gehen. Und sie blockiert den Weg und wirft mir vor, Männer seien an allem Schuld. Ich weiß gar nicht, was sie meint."

Enrique sieht mich und dann die Geizige an, nickt wissend und antwortet erstaunlich logisch.

„Das können wir schnell klären." Er wendet sich an die Frau: Wenn deine Füße unter Druck stehen, solltest du die Schuhe ruhig mal ausziehen. Dann bist du nur noch halb so groß, aber der Druck ist weg." Er lacht. Die zum Ausziehen ihrer Schuhe aufgeforderte Frau dreht sich um, öffnet die Tür zur Toilette und schlägt diese lautstark hinter sich zu. Enrique ist überrascht über die Reaktion und schüttelt den Kopf.

„Holla! Was ist denn hier los? Habt ihr euch gestritten, oder was? Warum müsst ihr euch gerade auf meiner Party streiten?"

Er schaut mich misstrauisch an, legt einen Arm auf meine Schultern und fragt mich verschwörerisch leise:

„Komm schon, was hast du ihr wirklich erzählt?"

Ich schaue ihn möglichst unschuldig an „Ich habe das Einhorn über der Küchentür gesehen und dann auf dem Weg zur Toilette spontan einen neuen Zweig der Wissenschaft zum Blühen gebracht. Weil die Frau den Weg versperrt hat und ich ihr helfen wollte. Wobei Zweige wahrscheinlich gar nicht direkt blühen können…"

Enrique und die zwei Mädels starren mich belustigt an.

„Du hast was?" fragt Enrique lachend. Wie komme ich aus der Nummer wieder raus?

„Du hast Recht. Das war jetzt unverständlich und aus dem Zusammenhang gerissen. Ich hab so allgemeinen Kram geredet. Trenne nicht st, denn es tut ihm weh. So was in der Art. Oder nein, es war: Geben ist seliger denn nehmen. Ehrlich. Ich habe es zumindest umschrieben, weil ich mit so direkten Aussagen bei mir fremden Frauen eher zurückhaltend bin."

Die Fahrerin, grinsend: „Deine Zurückhaltung ist wirklich sehr unterhaltsam."

„Danke. Ja, das ist ein wesentlicher Charakterzug von mir. Die Zurückhaltung."

Enrique blickt mich ernst an: „Zurückhaltung. Du. Aha, ach so. Na dann ist ja alles klar." Er will sich gerade abwenden, da fällt ihm noch was ein.

„Sag mal, hast du Emily vorhin erzählt, dass der Drecksforst Hambi dringend abgeholzt gehört?"

Schlagartig verspüre ich in mir den starken Wunsch alleine und woanders zu sein.

„Ich bitte dich, du kennst mich doch. Ich würde doch niemals eine Formulierung wie Drecksforst verwenden."

Jetzt wird es wirklich höchste Zeit, die Flucht anzutreten. Ohne Umwege.

Clara-Janine mag Dirndlgerippe nicht

Sie ist richtig sauer. Clara kocht innerlich und der Deckel des Topfes wird gleich abheben. Ihre Hände sind zu Fäusten geballt. Die weißen Knöchel treten an den geballten Händen hervor. Gleich wird sie richtig laut werden. Das kommt selten vor. Ich wäre jetzt gerne anschreidurchlässig.

„ES REICHT! Das geht so nicht weiter! Du machst was du willst! Heute Morgen kamen allein 166 Beschwerden per Mail über deine Reportage von Samstag! Fünfundsechzig! Und die Leserbriefe der älteren Abonnenten per Post kommen erst noch."

Bis vor einer Minute wusste ich nicht, dass sie so abgehen kann. Ich mag Clara. Sie ist eine gute Redakteurin und auch Freundin. Aber sie ist auch etwas konservativ und sie scheut Konflikte. Mit Beschwerden kann sie nicht gut umgehen. Ich auch nicht. Deshalb beachte ich sie gar nicht oder entsorge dergleichen direkt im Mülleimer. Das ist Verschwendung von Lebenszeit.

Sie gibt alles und schreit mir ihren Ärger kraftvoll entgegen. Das ist gut so. Muss ja alles raus, sonst staut sich der ganze Müll im Kopf auf und der Mensch wird krank. Das will ich nicht. Ihre Wangen sind schon ganz rot. Wenn sie einen Sohn hätte, würde der bestimmt Inferno heißen. Flammendes Inferno. Genau, er würde flammendes Inferno heißen. *Flammendes Inferno, putz dir die Zähne! Jetzt!* Der Junge würde zusammenzucken und sich augenblicklich die Zähne putzen. Dieses Temperament hätte ich ihr gar nicht zugetraut. Kann ein Inferno auch weiblich sein? Ein Inferna? *Inferna, lösch bitte die Kerzen vor dem Schlafengehen im Heu.* Das hört sich gar nicht schlecht an. Claras Tochter heißt allerdings Lilou-Marie, was sich nicht ganz so temperamentvoll anhört.

Es klopft an der gläsernen Wand von Claras Büro zum Gang. Lilou-Marie winkt freudestrahlend ihrer Mama. Lilou spielt im Gang vor der gläsernen Bürowand mit dem Hund der Familie, Gustav. Genauer gesagt quält sie ihn. Lilou zieht Gustav sehr gern an den Ohren. Der ängstliche Dackel weicht dann zurück, aber Lilou folgt ihm gutgelaunt und dann geht es von vorne los. Der Hund schaut hilfesuchend rüber. Ich winke ihm aufmunternd zu. Er blickt mich hektisch kurz an und dann wieder die gutgelaunte Lilou-Marie. Clara winkt ihrer Tochter.

„Schatz, lass Gustav doch in Ruhe. Ein Hund ist kein Spielzeug. Du hast in der Kiste so viel Spielsachen mit denen du dich beschäftigen kannst." Dann habe ich wieder ihre volle Aufmerksamkeit.

„Okay, zurück zu dem Artikel." Sie schließt kurz die Augen, atmet langsam und tief ein und aus, so wie sie es im Seminar für gutgelaunte und stressresistente Führungskräfte gelernt hat, und dann geht unser unerfreuliches Gespräch weiter.

„Wie konntest du diese Frau nur als versoffenes Dirndlgerippe bezeichnen? Frauen auf Oktoberfesten tragen immer Dirndl. Das geht NICHT!"

„Clara, bitte versteh doch, diesen Ausdruck hat ein Besucher gebraucht. Er hat die Frau so genannt und ich habe diese Bezeichnung in meinem Bericht nur wiedergegeben. Völlig wertfrei."

„Das ist nicht wertfrei! Das ist unverschämt!"

„Das sind nicht meine Worte. Gut, ich habe vielleicht Trachtenflittchen oder so was Ähnliches geschrieben. Das muss beim Korrekturlesen von deinen Kollegen geändert worden sein. Der Ausdruck Dirndlgerippe ist mir sprachlich viel zu allgemein und irgendwie ungenau. Diese Wortwahl kommt bestimmt nicht von mir." Die zornige Clara ist nicht empfänglich für meine Ausführungen.

„Sprachlich zu allgemein und zu ungenau? Das ist unglaublich." Sie schüttelt den Kopf. Wenn ich es mir recht überlege, passt Dirndlgerippe sogar hervorragend. Die Frau war mehr als dünn. Aber diesen Gedanken bringe ich jetzt besser nicht in die Diskussion ein. Vielleicht kann ich Clara mit Detailwissen beruhigen.

„Aber nein. Sieh mal, viele Menschen, gerade jüngere, wissen gar nicht mehr was eine Tracht ist. Aber Dirndl kennen sie. Da sagen sie, Dirndl, klar, das ist dieses coole enge Teil in schlimmen Farben, welches diese aufgespritzten Hohltussis in den Promimagazinen aus Mün…"

Clare schlägt ihre Fäuste kraftvoll auf den Tisch. Einmal, zwei Mal. Ich sehe Tränen in ihren Augen. Tränen der Wut. Ich muss deeskalieren, sie auffangen und Verantwortung zeigen.

„Ok, ok, Dirndlgerippe ist nicht gut."

Clara schluchzt.

„Die Pressestelle der Stadt hat angerufen und eine Entschuldigung gefordert. Der Bericht wäre frauenfeindlich, diskriminierend und würde das kulturelle Angebot der Stadt abwerten."

Ein Angebot ist es schon, aber kulturell?

„Das stimmt nicht. Ich war insgesamt vielleicht eine halbe Stunde auf dem Festivalgelände. Ich bin einmal durch das Festzelt gelaufen und habe die Atmosphäre auf mich wirken lassen. Blasmusik, Biergeruch, Lachen, Lärm, Schweiß. Und dann bin ich einmal rund um das Zelt gegangen und habe mir die Buden und den Rest da angeschaut. Du wolltest maximal zwei Absätze über diesen Kram. Und die habe ich geliefert."

Hier müssen ein paar entlastende Fakten her. Ich nehme meinen Notizblock zur Hand und lese schnell meine Notizen von dem besagten Abend. *Viele Idioten mit Gelfrisuren in Lederhosen und unzählige blondierte Vollzeittussis mit viel zu eng geschnürtem Dirndl und labiler Blutversorgung für das Gehirn unterwegs. Menschen irren volltrunken mit glasigem Blick über das Gelände. Warum muss ich am Wochenende über eine Ansammlung grenzdebiler Honks in Trachtenklamotten schreiben?* Das sollte ich besser nicht zitieren. Da sind doch ein paar Wertungen drin. Obwohl die Formulierung *grenzdebile Honks* wirklich nicht übel ist.

„Clara, hör mal. Es gab mehrere Zeugen, die den Ablauf bestätigen können. Hier steht es, ich zitiere: *Menschen in Trachtenkleidung irren mit glasigen Augen durch die Dunkelheit, ein deutlicher Geruch nach Ausscheidungen liegt in der Luft…"*

Ich schlage die Seite des Notizbuches um. Die Schrift ist krakelig und ich habe Mühe sie zu entziffern. Ist ja auch meine.

„…bin wieder zurück am Zelteingang. Zwei junge Frauen trösten ihre weinende Freundin, ein Mann schläft vor den Eingang im Sitzen und sabbert dabei auf das Handy in seiner rechten Hand. Eine dünne Frau mit pinkfarbenem Dirndl stürzt heraus und schlägt einer anderen Frau, die rauchend vor dem Zelt steht, ohne Vorwarnung ihre goldfarbene Handtasche ins Gesicht. Die andere Frau, schwarze Haare, hellblaues Dirndl, stürzt sich kreischend auf die pinkfarbene Schlägerin. Ein Handgemenge im Schlamm vor dem Eingang entsteht. Die Ordner sind überfordert und können sie nicht trennen. Da kommt ein Typ angewankt, er trägt auch fesche Oktoberfestkleidung, sieht die Mädels und lallt: „Ihr seid ja geil. Dunkel war´s/ der Mond schien helle/ ich schob ne´ Nummer/ auf die Schnelle." Er lacht. Die pinkfarbene Dirndlfrau lässt daraufhin von der blauen ab, steht auf und schlägt dem Typen mit der lyrischen Ader ihre jetzt schlammbespritzte Handtasche ins

Gesicht. Der Typ geht sofort zu Boden. Dann geht die pinke Frau unter wüsten Beschimpfungen der blauen Dirndlfrau zum leerstehenden Empfangshäuschen am Eingang, da wo die Eintrittskarten vertickt wurden, und strullt hinein. Im Stehen. Die umstehenden Besucher filmen begeistert den Vorgang, applaudieren und stimmen Viva Colonia an. Die jetzt erleichtert wirkende Frau verlässt wankend das Gelände, steigt in ein schwarzes Mini Cabrio und fährt davon. Ich gehe zurück zum Zelt. Vor dem Zelt streitet sich die blaue Dirndlfrau immer noch mit den Ordnern. Der reimende Mann wird ärztlich versorgt. Werde jetzt auch gehen. Es ist 21:30 h. Ich finde, das sind mehr als belastbare Fakten für meinen sehr lebendigen Bericht über das Partyevent des letzten Wochenendes."*

Clara schnauft, holt tief Luft und explodiert erneut.

„Diese Frau ist Vorsitzende des Kulturausschusses und Mitglied im Stadtrat!"

„Clara, das war mir in dem Moment nicht klar. Ich habe nur eine Momentaufnahme wiedergegeben. Und der Fotograf hat das Bild spontan geschossen. Ihr hättet ja ein anders Bild nehmen können. Es gab ja genug Auswahl."

Ein Schrei ertönt, gefolgt von Kreischen und bellen im Flur. Gustav hat zugebissen. Clara springt auf und rennt zu Lilou-Marie. Die weint wie am Spieß. Clara tröstet sie, nutzt die Gelegenheit aber auch für erzieherische Hinweise.

„Schatz, ich habe dir doch gesagt, lass Gustav in Frieden. Das ist ein Hund, kein Spielzeug."

Genau. Und das ist eine gute Gelegenheit, das Gespräch zu beenden und ein paar Tage schwer erreichbar zu sein. Ich stehe auf, verabschiede mich von Clara und versichere, mich bald wieder zu melden. Beim Rausgehen weicht Gustav bellend vor mir zurück, der alte Knabe ist etwas durcheinander. Er zittert, genauso wie sein Bissopfer.

Verständlich. Ich streichele ihm ein paar Mal langsam über das Fell. Das tut uns beiden gerade sehr gut.

Das desorientierte Opossum in tiefschwarzer Nacht

Die Auswahl des richtigen Zuschneiders der eigenen Haarpracht ist diffizil. Das wissen Frauen und ahnen viele Männer. Fußläufig kann ich sieben verschiedene Vertreter dieses Handwerks erreichen. Friseure, vor dessen Eingang regelmäßig Frauen mit gewagten Konstruktionen aus Aluminiumfolie im Haar abhängen und leicht genervt eine Zigarette nach der anderen weginhalieren, meide ich aus umweltpolitischen Gründen. Diskussionen über meine Personality, die angeblich durch meinen Haarschnitt sichtbar wird, lasse ich gar nicht zu. Deshalb dürfen Junior Stylisten, Senior Stylisten und vor allem der/die Director Styling & Personality auch nicht an mein Haar. Egal, wie viel Prosecco mir dort ins Haar einmassiert wird.

Ich gehe sehr gerne zum Friseur bei mir links um die Ecke. Die Damen und Herren dort wissen mit Schere und Rasiermesser umzugehen und das Preis-Leistungsverhältnis ist sehr gut. Die Wartezeiten sind meist angenehm kurz, auch bei spontanen Besuchen infolge von Haarüberschuss oder dem Bedürfnis nach spontaner Inspiration. Es ist ein Familienbetrieb. Genauer gesagt führt Gül, eine studierte Germanistin und gelernte Friseurmeistern, den Laden. Ihr älterer und der jüngere Stiefbruder arbeiten auch dort. Wenn auch bestimmt nicht ganz freiwillig. Beide sind gelernte Friseure und vertreten eher konservative Ansichten, auch was die Haarmode angeht. Gül färbt, sprüht und drückt ihre Persönlichkeit aus. Die Jungs üben ein Handwerk aus.

Ich sehe in den Spiegel, Hassan, Güls älterer Brüder, kämmt durch mein Haar und kürzt konzentriert und routiniert mit Maschine und Kamm die Spitzen. An der gegenüberliegenden Seite des Salons steht Gül und rasiert einen älteren Herren mit übersichtlichem Haupthaar per Klinge die Bartstoppeln mitsamt dem großzügig aufgetragenen Rasierschaum ab, als sie den wartenden jungen Mann auf dem Stuhl rechts neben mir bemerkt.

„Was ist los ihr Schlafmützen? Warum wartet dieser Kunde immer noch auf seinen Haarschnitt? Ihr seid so aufmerksam wie ein vom Haschrauchen desorientiertes Opossum in tiefschwarzer Nacht."

Einige wartende Kunden schauen interessiert von ihrer Zeitschriftenlektüre respektive dem Handybildschirm auf. Solche lyrischen Sätze sind vermutlich selten in dieser Branche zu hören. Ich wusste bisher auch gar nicht, dass Beutelratten Hasch rauchen können. Der Genuss von Rauchwaren in der Prärie dürfte aber die Entspannung steigern und die Aufmerksamkeit gegenüber hungrigen Jägern senken. So regelt die Natur die Population der Beutelratten auf ganz entspannte Weise. Aber Gül hat bestimmt noch was anderes gemeint.

Hassan nimmt den Hinweis seiner Stiefschwester so auf wie alles, was von ihr kommt, nämlich persönlich. Und er reagiert so, wie man es von einem jungen Mann mit arabischen Wurzeln und guter Bildung erwarten darf, nämlich erbost, aber nicht ohne lyrischen Sinn.

„Schweig still, tölpelhafte Tochter eines übelriechenden Zwiebelhändlers! Die Ergebnisse deiner kümmerlichen Rasurbemühungen sind unerträglich!"

Das finde ich etwas hart. Zumal er sich nicht mal die Mühe gemacht hat, sich umzudrehen und das Ergebnis von Güls

Rasur zu begutachten, bevor er sein Urteil gefällt hat. Gül reagiert gelassen.

„Du nennst meinen Vater einen übelriechenden Zwiebelhändler? Wie mental minderbemittelt bist du eigentlich? Aber du kannst gerne dein schneckenhaftes Arbeitstempo an deine überhöhte Sprachgeschwindigkeit anpassen. Dann gäbe es hier keine Wartezeiten."

Hassan kontert.

„Das sagt die Richtige. Stiefschwesterchen, angeblich hast du fünf Jahre Berufserfahrung und eine Friseurmeisterprüfung bestanden. Und trotzdem kannst du nur mit Mühe einen Kamm ohne Zinken von einer alten Tube ranzigen Haargels unterscheiden."

Er lacht böse.

„Und du brauchst mehrere Ewigkeiten für eine Nassrasur mit einer brandneuen Klinge. Wenn du die linke Wange rasiert hast, hat der Mann rechts schon längst wieder einen Vollbart bis zu den Knien. Dilettantin."

Damit wendet er sich wieder meiner im Werden begriffenen Frisur zu. Ich komme wirklich gerne hierher. Es ist interessant Menschen zuzuhören, deren Mutter Professorin für neuere deutsche Literatur und dazu überzeugte Dichterin lyrischer Liebesgedichte ist. Diese Kombination gibt es wahrscheinlich nicht allzu oft. Besonders in der Haarschneidebranche dürfte dies die Ausnahme sein. Hassan hat mir mal erzählt, seine Mutter sei frustriert, weil ihre Kinder lieber Haare schneiden und waschen, anstatt sich mit den Freuden der Sprache zu beschäftigen. Da irrt sie sich. Ihre Kinder erwecken hier tagtäglich die deutsche Sprache zum Leben und zeigen deutlich, was auch in Zeiten des akuten Aufmerksamkeitsdefizits und kognitiver Mangelerscheinungen möglich ist.

Der Wortwechsel geht munter weiter. Gül dreht sich um und wendet sich Hassan zu. Ihre Stimme ist jetzt deutlich lauter.

„Du dummes Muttersöhnchen mit ringartiger Bauchform, Haarausfall und unbegründet großem Ego ohne jedwede kognitive Grundlage. Wenn du dich Friseur nennst, kann sich jeder Esel mit großem Stolz und vollem Recht Landschaftsgärtner nennen."

Damit wendet Gül sich wieder ihrem Kunden zu. Nicht schlecht. Sechs Beleidigungen in zwei Sätzen. Das muss man erst mal hinkriegen. Die Frau hat was drauf. Die Haare lasse ich mir aber lieber von Hassan schneiden. Gül kann zwar hervorragend schneiden, redet aber dauernd und kommt mir ungewollt etwas zu nahe, weil sie kurzsichtig ist, aber aus Eitelkeit keine Brille tragen will. Dabei nähert sich ihre enorme Oberweite ständig bedrohlich meinem Gesicht und ich komme mir vor, wie ein Wanderer, der an einem Berghang steht und eine Steinlawine auf sich zurollen sieht. Allerdings duftet diese Steinlawine wie eine Mischung aus einer hypnotisch bunten Blumenwiese mit etwas Red Bull garniert. Das halten meine Duftrezeptoren nicht aus. Und ich stehe grundsätzlich nicht gerne im Weg von Lawinenabgängen.

Hassan wechselt den Aufsatz des Haarschneiders. Er sieht etwas mürrisch aus. Muttersöhnchen ist für Hassan bestimmt eine üble Beleidigung. Esel auch. Und der Hinweis auf seine, zugegebenermaßen, leicht ringartige Bauchform ist auch nicht schön.

„Schwester, wenn du nicht körperlich anwesend im Laden bist, haben wir Platz für zehn Kunden mehr. Alternativ könnte hier auch ein gebraucht gekauftes Nilpferd vom Second Hand Markt stehen. Das könnte dich mit Leichtigkeit vertreten und wir hätten eine richtige Attraktion für Kinder."

Die Kundschaft lacht. Gül dreht sich nicht einmal um für ihren Konter.

„Da wo du hingehörst kann man vielleicht Nilpferde gebraucht kaufen. Allerdings wird es weder dort noch hier einen zahlungswilligen Abnehmer für dich geben. Aus deinem kümmerlichen Bart lässt sich aber vielleicht eine Drahtbürste für Barbies oder Kens Tiere herstellen."

Wieder ist Lachen zu vernehmen. Das ist hier ein bisschen so wie beim Tennis. Einer schlägt auf, der andere spielt den Ball zurück.

„Dann tun meine Barthaare immerhin deutlich mehr Gutes als deine Hände in diesem Salon. Und meine Barthaare sind echt und wachsen nach."

Hassan lacht wieder böse. Gül schneidet unbeeindruckt weiter. Mit sanfter, fast verträumter Stimme sagt sie:

„Natürlich wachsen deine Barthaare nach. Unkraut wächst schließlich überall. Gerade in den hässlichsten Ecken."

Ich meine gesehen zu haben, wie Hassans Halsschlagader beim Wort Unkraut heftig die Aktivität verstärkt hat.

„Schwesterchen, hässlich ist ein sehr subjektiver Begriff. Aber dein Anblick im Spiegel lässt durchaus eine objektive Bewertung zu. Aber das ist zu kompliziert für dich."

Gül setzt nach.

„Kompliziert sind eher deine trotteligen Versuche, eine annähernd brauchbare Frisur ohne bleibende körperliche Schäden bei unseren Kunden hinzukriegen."

Die wartende Kundschaft kichert kollektiv. Einige schauen Hassan jetzt sehr kritisch an und tuscheln. Hassan spürt die ungewollte Aufmerksamkeit der Kundschaft und ist merklich erregt. Sein Gesicht ist rot angelaufen. Gerade erst hat er eine frische Rasierklinge für die anstehenden Feinarbeiten auf meinem Kopf eingespannt. Ich hoffe sehr, dass er meine Nasenkonturen nicht ungewollt operativ an die Rundungen des Haaransatzes am vorderen Stirnbereich angepasst werden. Oder schlimmeres.

Aber erst mal lässt er die Arme sinken und sucht Verbündete gegen sein Schwesterchen. Er wendet sich an seinen kleineren Bruder, der links neben uns einem kleinen Mädchen sehr langsam und vorsichtig die langen schwarzen Haare schneidet. Die Kleine zockt abwesend ein Spiel auf einem riesigen pinkfarbenen Handy. Die Eltern des Kindes sitzen nur wenige Meter entfernt und verfolgen jeden Handgriff Alis mit kritischem Blick. Ali ist der Jüngste der Familie und hat ein heftiges Trauma, seitdem er vor ein paar Wochen versehentlich einem älteren Herrn das schüttere Haupthaar im jugendlichen Überschwang mit der Maschine komplett entfernt hat. Dafür gab es gut 20 Hiebe mit dem Gehstock des Alten, eine Woche Unterkunft im Uniklinikum und eine aufwendig operativ neu strukturierte Nase. Allerdings, wenn man das Alles nicht weiß, sieht die Nase ganz passabel aus.

„Ali, was sagst du zu diesen Unverschämtheiten deiner hässlichen Schwester?"

Ali arbeitet ein paar Sekunden konzentriert weiter, tritt dann einen Schritt zurück, blickt kritisch auf den Zwischenstand seines Werkes, lässt Schere und Kamm sinken und reagiert dann erst auf die Störung. Aber wie.

„Du Sohn von Ziegen, Nattern und Opossums. Wenn du noch einmal meine Stiefschwester beleidigst, werde ich dir mit einer alten, rostigen Klinge zeigen, wie ein ehrenwerter Fleischer mit Vieh umzugehen weiß!"

Da ist wiederdas Opossum, sogar mehrere davon. Ali klingt stark nach akuter Pubertät in Verbindung mit posttraumatischer Aggressionen. Es hört sich irgendwie ungut an, wenn ein Friseur gleichzeitig als Metzger tätig ist.

Und dort womöglich noch mit derselben Klinge arbeitet, mit der er seinen Kunden die Haare kürzt.

Oho, Hassan ist krebsrot im Gesicht. Wenn er mir in dieser Stimmung jetzt den gewünschten Scheitel mit dem Rasiermesser einrasiert, brauche ich bestimmt einen Notarzt. Er blafft Ali drohend an.

„Kleiner Bruder, sieh dich vor. Deine Nase ist formbar. Vielleicht übernehme ich das diesmal."

Ali blickt konzentriert auf den Hinterkopf des Kindes. Jetzt meldet sich Schwesterchen Gül wieder von der anderen Seite.

„Sagt mal ihr Zwei, was macht ihr eigentlich so beruflich? Ich meine, womit verdient ihr euer Geld? Haare schneiden kann es ja nicht sein. Wenn ihr so viel Luft zum Quatschen übrig habt, könnt ihr ja mit dem Aufblasen von alten Schlauchbooten im Freibad was dazuverdienen."

Die Kundschaft ist im Laden begeistert. Ein junger Mann winkt Hassan zu, macht mit der Hand eine wellenartige Bewegung und sagt „Hai."

Ali reagiert gar nicht. Sein älterer Bruder schaut sich selber ein paar Sekunden im Spiegel an. Er sieht müde aus. Ich glaube, er hat innerlich kapituliert. Er atmet tief aus und wendet sich dann wieder seinem Handwerk zu. Halblaut murmelt er ein müdes „Arschgeigen" in seinen Bart, was das Kind auf dem Stuhl nebenan kichern lässt. Dann rasiert er einen sauberen Scheitel mit der Rasierklinge vom Haaransatz bis irgendwo weiter hinten an meinem Kopf. Als er die Klinge abwischt und ich weder Blut sehe, noch eine Verletzung wahrnehme, muss ich auch erst mal tief durchatmen. Ich muss ihn auf andere Gedanken bringen.

„Sag mal, warum verwendet ihr so gerne das Wort Opossum in euren Flüchen? Hat das eine besondere Bedeutung? Hattet ihr mal eines als Haustier?"

Er schüttelt den Kopf.

„Nein. Wir durften zuhause in Gegenwart unserer Eltern nicht fluchen. Jedenfalls nicht so auf die umgangssprachliche Art. Sonst gab es gleich einen drüber. Also sucht man sich Umschreibungen, damit man sich wenigstens etwas Luft machen kann."

„Aha. Und die Arschgeige gerade?"

Er grinst.

„Das ist eine seltene Ausnahme. Ich würde sagen, dass ist der umgangssprachliche Ausdruck für einen Geiger, der ein beschämendes Konzert abliefert. So richtig schlecht eben."

Er flüstert.

„Oder eine richtig schlechte Friseuse schneidet Haare ohne jeden Sinn für Ästhetik."

Hassan grinst. Ich blicke ihn kritisch an und hebe einen Zeigefinger.

„Seid nett zueinander."

Er nickt.

„Sind wir. Aber nur zu Kunden."

Er zieht den Umhang weg und rasiert dann den Nacken aus. Wie immer zum Abschluss, sprüht er dieses übel süßlich duftende Spray auf die mit der frischen Rasierklinge enthaarten Hautstellen. Angeblich zur Desinfektion. Die enthaarte Haut ist gerade sehr sensibel und das Zeug brennt wie sonst was. Mir wird leicht blümerant und ich rieche jetzt wie eine komplett desinfizierte Billigparfümfabrik. Das Zeug würde auch ein Opossum augenblicklich schachmatt setzen.

„Fertig."

„Ich danke dir."

Ich stehe auf, werfe einen letzten prüfenden Blick in den Spiegel, gehe zur Kasse und zahle für den messerscharfen Schnitt und das Entertainment. Neben der Kasse stehen drei verschiedene Sparschweine für das Trinkgeld. Eines davon sieht aus wie ein ausgestopfter Hamster mit Schlitz für das Kleingeld auf dem Rücken.

„Ist das hier deines? Mit echtem Fell?" frage ich Hassan belustigt.

„Nein, das gehört ihr." Er grinst und zeigt auf Gül. Gül dreht sich um.

„Alles OK? Zufrieden?" fragt sie.

„Ja, alles ok. Sauber geschnitten. Das kriegt ein berauschtes Opossum bestimmt nicht so schön hin. Vor allem in stockdunklen Nächten. "

„Tiefschwarz, bitteschön." Sie grinst und hebt den Daumen. Ich winke ihr zu und starte mit reduzierter, aber deutlich besser konturierter Haarpracht in den Nachmittag.

Lidschattenfraktur!

Das geht ja gar nicht. Erst reduziert diese Backwerkimitatkette die Füllmengen bei allen Kaffeegetränken, nicht aber deren Preise, also erhöht im Endeffekt die Preise massiv, und dann läuft auch noch ein Silberfischchen beim Einfüllen von etwas Zucker in den halbvollen Kaffeebecher ganz entspannt über den Tisch. Und der Analogkäse auf den Käsebrötchen ist auch viel zu hell. Normalerweise ist das Käseimitat braunschwarz angekokelt und knackt so richtig beim Reinbeißen. Die Schokoladen im Supermarkt wiegen plötzlich 82,75 Gramm anstatt 100 Gramm und kosten so viel wie früher 150 Gramm. Und schmecken wie 75 Gramm, die ihr Mindesthaltbarkeitsdatum deutlich überschritten haben. Das ist nicht gut. Das ist alles nicht mehr wie früher. Also so wie vor ein paar Monaten. Nur Katastrophen.

Davon berichteten auch zwei junge Frauen, die vorhin in der U-Bahn neben mir saßen. Sie unterhielten sich angeregt über Gesundheitsthemen. Über einen richtigen und sehr schlimmen Notfall. Die eine Frau hat wohl eine gute Bekannte, die kürzlich per Notarzt ins nahe gelegene Krankenhaus verfrachtet werden musste. Sie hatte sich schon den ganzen Tag unwohl gefühlt. Am Abend war ihre beste Freundin zu Besuch, der sie ihr Leid schilderte. Die Freundin sah das Übel sofort. Und die Diagnose traf die Patienten hart: Mehrfache Lidschattenfraktur. An diesem Punkt reagierte die Andere, die zuhörende junge Frau in der U-Bahn, regelrecht schockiert. Damit sei nicht zu spaßen. Das sagte zuvor der lidschattenfrakturierten Bekannten auch schon ein ambulant praktizierender Kosmetiker, den sie telefonisch um eine Ferndiagnose gebeten hatte.

Nun ist die mehrfache Lidschattenfraktur ja neben dem feisten und unkontrollierten Stuhlgang nach ausufernden Grillfesten (bei Männern zumindest) eine der bedeutendsten Trendkrankheiten in unserer Gesellschaft. Also ab ins Krankenhaus. Und was ging da ab? Keine Hilfe, nix, sagte die empörte junge Frau. Der Chefarzt der Notaufnahme sah das alles ganz anders und schickte die schwer verletzte Bekannte nämlich postwendend nach Hause. Wie sie wegen so einem Scheiß hier auftauchen könne, hat er wohl gesagt. Eine vertane Chance. Hätte er mal gesagt, Oh, da müssen wir sofort operieren und sie dürfen sich danach nie wieder schminken, weil sonst ein Rückfall mit Daueraufenthalt im Lidschatten droht. Dann werden Sie nie wieder braun im Gesicht. Irgendwie so was. Dann hätte vielleicht ein Heilungsprozess eingesetzt. Zwischen den Ohren. Ich wiederhole mich gern, eine vertane Chance.

Dann habe ich etwas getan, was ich sonst nie tue. Ich habe mich in das Gespräch eingemischt. Ich fragte die berichtende Frau, ob es auch Lidschattenmanufakturen gäbe. Dort müssten dann doch auch Lidschattenfrakturen geheilt oder mit Stahlstützen oder ähnlichem Gerät wieder in den Ursprungszustand versetzt werden können. Ich wurde Zeuge, wie die beiden intensiv über das Wort Lidschattenmanufaktur nachdachten. Dann reagierten sie abweisend und kühl auf meinen Einwurf. Stattdessen kam der Satz:

„Ey, misch disch nischt ein."

Isch, misch, disch-Aussagen sehe ich durchaus kritisch. Das sollte ich zum Ausdruck bringen.

„Die Wortendung –isch lässt auf eine schwere sprachliche Fraktur schließen. Das ist aber heilbar."

Damit verließ die U-Bahn und die Frakturierte und ihre Begleitung alleine.

Ich werde mich nun ablegen und schonen. Der Arzt hat gesagt liegen oder laufen, L & L, das entlaste den schmerzenden Rücken. Sitzen auf einem Bürostuhl, und sei er auch noch so orthopädisch herausragend, ist nicht gut. Sitzen ist ja das neue Rauchen. Diesen Satz muss mal ein Mensch der höchsten Pflegestufe im Delirium kreiert haben. Alternativen wären Fleisch essen ist das neue Rauchen oder Leben im Jetzt ist wie rumliegen im Park. Darüber werde ich demnächst mal nachdenken.

Disharmonie

„Du hast ja doch wieder diesen Mist gekauft."

Sie hält ein kleines Gläschen mit grünem Etikett hoch. Der Mann, der die Einkäufe aufs Band an der Kasse legt, schaut auf.

„Die waren das? Ich dachte, wir hatten über den Kürbisaufstrich vom Diskounter gesprochen."

Die Frau schüttelt genervt den Kopf.

„Nein, haben wir nicht. Hörst du mir überhaupt zu? Wenn Emil-Tristram wieder was von diesem Mist isst, speit er sofort wieder. Dann kannst du saubermachen. Mit reicht es."

Speien statt reihern. Das hört sich nicht ganz so schlimm an. Riecht aber beides sehr unangenehm. Der magensensible Emil-Tristram sitzt im Kindersitz des Einkaufswagens vor mir und bohrt engagiert in der Nase. Sobald er genug Material gefunden und abgebaut hat, wandert dieses in den Mund. Das Gespräch seiner Eltern interessiert ihn nicht. Umso mehr die Süßigkeiten im Umfeld der Kasse. Er zeigt wortlos auf einen Karton mit Schokoriegeln. Seine Eltern sind aber gerade sehr beschäftigt und beachten ihn nicht.

„Hallo?" sagt die Frau zu ihrem nicht zuhörenden Mann. Der angesprochene Mann reagiert nicht und räumt weiter die Einkäufe auf das Band. Vor meinem geistigen Auge sehe ich mich an einer Straße stehen, ein Kombi fährt vorbei, bremst plötzlich ab und stoppt. Das hintere Autofenster ist von innen strahlenförmig mit einer grün-braunen Flüssigkeit eingefärbt, die langsam an der Scheibe herunterläuft. Hinter der Flüssigkeit ertönt schrilles Kindergeschrei. Von vorn hört man zwei streitende Erziehungsberechtigte.

„Bernd?"

Die Frau insistiert.

„Bernd, bitte gib mir ein Zeichen, dass du mich verstanden hast. Oder schweigen wir heute wieder einmal?"

Der letzte Satz kam etwas zu hämisch für meinen Geschmack. Bernd schnaubt, unterdrückt aber die aufkommende Aggression, atmet langsam und tief aus, verschafft sich somit etwas Erleichterung in diesem Konflikt und antwortet tonlos.

„Melody, ich habe dich verstanden. Können wir das bitte zu Hause weiter diskutieren?"

Melody verschränkt die Arme, sieht ihn ausdruckslos an und überlässt ihrem Bernd das Einräumen der Einkäufe in den Korb. Bananen, Paprika, Milch und Tiefkühlfisch – alles Bio. Dazu ein Kasten Mineralwasser in Glasflaschen, zwei Flaschen Rotwein aus Frankreich, etwas Käse von der Käsetheke. Und Butter. Nein, es ist eine Butterimitation mit dem schönen Namen Streichzart. Etwas mehr Zärtlichkeit zwischen Melody und Bernd könnte das Einkaufserlebnis bestimmt deutlich steigern.

„Melody, kannst du bitte den Korb nehmen?"

Wortlos nimmt Melody den Korb und starrt in Richtung Ausgang. Ob es wohl auch Menschen mit Namen wie Rhythmus oder Quadrupelfuge gibt? Die werden bestimmt oft gehänselt. Rhythmus ist der Tänzer, Rhythmus ist der Tänzer und so was. Emil-Tristram fängt an zu quengeln. Er will einen Schokoriegel aus dem Regal an der Kasse nehmen, aber die popelverschmierten Fingerchen sind noch zu kurz. Trotzdem halte ich lieber etwas Abstand und lege meine drei Einkäufe ganz an das Ende des Bandes. Etwas Sicherheitsabstand vermeidet Kollisionen, nicht nur im Straßenverkehr. Bernd zahlt und nimmt den Jungen aus dem Sitz des Einkaufswagens.

Ich winke Emil-Tristram zum Abschied mit einer Packung Spaghetti zu, aber er kommentiert seine Nichtbeachtung durch seine Eltern mit ein paar Tränen. Jetzt haben sie doch den bösen Aufstrich mitgenommen. Das wird noch einige Missklänge zur Folge haben, fürchte ich. Bernd muss heute Abend sehr stark sein.

Ein Abend in entspannter Atmosphäre

Laura hat mich zum Essen in ihren heimischen vier Wänden eingeladen. Das lässt auf einen entspannten Abend ohne die sonst übliche Fachsimpelei hoffen. Allerdings hat sie entspannt *sehr* betont. Mehr Augenzwinkern geht nicht. Mal schauen, wo das hinführt.

Ich gehe die letzten Treppenstufen in den zweiten Stock nach oben und schaue auf die Uhr: 19:58, sehr gut, pünktlich. Noch bevor ich den Klingelknopf erreiche, geht die Tür auf und Laura steht da. Im Bademantel und barfuß. Ich bin verdutzt, sie nicht.

Jetzt ist 8:05 h. Das zeigt die Digitaluhr über dem Spiegel in Lauras Badezimmer an. Ich sitze in der Badewanne im Badezimmer, Laura sitzt mir gegenüber und schenkt Rotwein ein. Die Badewanne ist mit angenehm temperiertem Wasser gefüllt. Schaumberge wandern langsam über die Wasseroberfläche. Es duftet angenehm nach Karibik-Schaumbad.

Moment, was ist in den letzten sieben Minuten eigentlich passiert? Ich lehne mich zurück und schaue an die weiße Decke des Badezimmers. Die monotone Farbe dürfte helfen, meine Gedanken etwas zu ordnen. Also, nochmal, ich stand um 19:58 h vor ihrer Wohnungstür, die Tür ging auf bevor ich klingeln konnte, Laura stand da im Bademantel und barfuß, begrüßte mich, ich kam rein, hängte meine Jacke auf, Laura hielt mir ein blaues Badetuch und einen Kleiderbügel hin, fragte: „Du kannst doch schwimmen, oder?", ich lachte, sagte ja, sie drehte sich um, ging ein paar Schritte nach rechts ins Bad, wo die Badewanne bereits mit dampfendem Wasser und Schaum gefüllt war, hing den Bademantel auf und stieg in die dampfenden Schaumberge. An diesem Punkt war mir klar, dass der Abend eher ungewöhnlich verlaufen würde.

Laura reicht mir ein gut gefülltes Glas Rotwein. Meine Brille beginnt von der hohen Luftfeuchtigkeit im Bad zu beschlagen. Wahrscheinlich ist das gerade gar nicht so verkehrt, weil ich ziemlich doof aus der gerade nicht vorhandenen Wäsche schaue.

Sie lächelt mich über eindrucksvolle Schaumberge hinweg an.

„So ist es doch einfach viel gemütlicher. Es ist angenehm warm und der zwischenmenschliche Abstand verringert sich schnell."

„Da muss ich dir zweifellos Recht geben." gebe ich ihr Recht.

Ich habe eine entspannte Abendverabredung, die in einer Badewanne stattfindet. Das ist schon ungewöhnlich. Es ist zwar etwas eng, meine Beine liegen links und rechts seitlich auf dem Rand der Wanne auf, schließlich ist diese Badewanne nicht für zwei erwachsene Personen ausgelegt, aber es ist wirklich gemütlich. Die Tatsache, dass sich meine Füße außerhalb der Wanne befinden, ist wirklich kein Problem für mich. Ich muss, auch wenn ich alleine in der Badewanne sitze, meine Beine anwinkeln. Das ist einer der wenigen Nachteile, wenn man sehr groß ist.

Hier, in diesem mir noch etwas fremden Badezimmer dürfte die Temperatur und Luftfeuchtigkeit mindestens subtropisch sein. Das lässt sich auch unschwer an dem beschlagenen Spiegel auf dem Schränkchen gegenüber erkennen. Soviel kann ich durch meine beschlagene Brille gerade noch erkennen.

„Prost." Sie grinst breiter als sonst.

„Zum Wohl."

Die Weingläser berühren sich und ein erstaunlich tiefer Ton erklingt. Dafür dürfte die doch etwas großzügigere Füllung der Gläser als gemeinhin üblich, verantwortlich sein. Laura schaut mich forschend an.

„Geht`s dir gut? Du siehst ja kaum was."

Ich senke den Kopf etwas, um Laura durch den oberen, noch unbeschlagenen Teil der Brille zu betrachten. Der Ausblick, also die visuelle Komponente der Eindrücke, die gerade auf mich wirken, ist als sehr ansprechend zu bezeichnen. Ich bin froh, dass die Wanne wirklich randscharf gefüllt ist und der Schaum noch für etwas mehr Kontur in meine unmittelbare Umgebung sorgt. Andererseits muss ich dadurch aufpassen, keine unbedachten Bewegungen zu tun. Das könnte eine kleine Flutwelle mit Überschwemmung des Bades bewirken. Also schön entspannt bleiben.

„Du, alles ok. Ich musste mich nur erst in der Situation zurechtfinden."

„Das glaube ich." Sie lächelt vielsagend.

Zugegeben, ich war schon etwas überrascht als sie im Bademantel und mit hochgesteckten Haaren die Türe geöffnet hat. Ich hatte auch heute Abend schon geduscht. Aber warum nicht? Manchmal sind zwei Reinigungsvorgänge am Abend, davon einer mit Unterhaltungsvordergrund, doch wirklich gut vertretbar. Und was soll man da groß nachdenken, wenn man von einer netten Frau spontan aufgefordert wird, mal eben mit ihr die wohltemperierte Badewanne zu entern?

Ich versuche ihr durch die kleinen nicht beschlagenen Stellen meiner Brille in die Augen zu sehen, dabei das Glas Wein auszubalancieren und möglichst lässig auszusehen.

„Woran denkst du?" fragt sie.

„An Kaffee, oder besser Espresso."

„Magst du einen Kaffee haben?"

„Nein, nein, der Wein passt schon. Ich komme nur drauf, weil ich im Flur die Sammlung Kaffeebecher von Backdingens in dem Korb liegen sah. Sammelst du die Dinger?" Sie lacht.

„Sammeln ist das falsche Wort. Ich brauche morgens einfach Koffein. Und Zucker…

„…so drei bis sieben Zucker pro Tasse…" ergänze ich.

„Komm schon, ich bin schon auf drei Zucker runtergegangen."

„Besser als drei Gläser Rotwein am Morgen."

Ein Fuß mit angehängtem Bein taucht aus dem Schaum auf und stößt in meine Richtung. Das Bein ist etwas zu kurz für einen Tritt ins Gesicht. Es reicht aber, um etwas Schaum in mein Gesicht zu befördern. Sie lacht mich an. Da ist jemand sehr gut gelaunt.

„Ich muss die Becher wieder mal entsorgen. Sonst glaubt mein Besuch noch, ich wäre unordentlich."

So vergeht die Zeit auf sehr angenehme Weise. Das abkühlende Wasser wird durch warmes neues Nass ersetzt. Die Gesprächsthemen kreisen um Dinge wie den besten Zeitpunkt für eine gediegene Massage, Eifersucht in langjährigen Beziehungen und die individuellen Vorlieben bei der Auswahl des Schaumbades bei geplanten Treffen in der Badewanne. Dann gibt es einen überraschenden Themenwechsel.

„Gib es zu, du bist überrascht, dass du mit mir in meiner Badewanne sitzt." sagt Laura.

„Merkt man das nicht?" frage ich überrascht zurück. Sie neigt den Kopf etwas zur Seite und betrachtet mich kritisch.

„Schwer zu sagen. Du hast dich ohne Kommentar und ohne Widerworte direkt in die Badewanne gesetzt. Kein Warum und wieso…?"

„Na ja, du hast angekündigt es wird ein entspannter Abend. Und bei Frauen verbinden sich oft aus Männersicht so abstrakte Dinge wie Badewannenaufenthalte bei Kerzenschein, garniert mit Rotwein und Schokolade, zu einem entspannten Abend. Dann wird die Hauskatze, die nach dem Sprung in die Badewanne plötzlich bis auf ihre halbe Körpergröße geschrumpft ist, bis zur Bewusstlosigkeit gestreichelt und irgendwann Stunden später geht der Wecker und Frau wacht auf der Couch auf."

„So, so. Du hast bestimmt sehr umfangreiche Studien zu diesem Thema gelesen, du Schlauberger." Sie grinst.

„ Magst du noch ein Glas?"

„Ja, gerne. Wenn er zu warm wird, ist er sowieso nicht mehr so gut trinkbar."

Das sag ich so einfach daher. Ohne Nachzudenken. Sie füllt das Weinglas erneut mit dem Dornfelder aus der Literflasche. Ist das noch die erste Flasche? Ich weiß es nicht. Ich bin nicht so der Rotweintrinker, aber dieses leicht gekühlte, durchaus alkoholhaltige Getränk passt gut in diese subtropisch temperierte und sehr gemütliche Umgebung. Andererseits beeinflusst der schwere Rote gemeinschaftlich mit den Temperaturen den Seegang in diesem Binnengewässer sehr entschieden. Wir befinden uns im zweiten Stock eines Mehrfamilienhauses und möchte ungern für Überflutungen weiter unten verantwortlich gemacht werden.

„Deine Brille ist immer noch beschlagen." werde ich auf meine Sehbeeinträchtigung hingewiesen.

„Ja. So fühle ich mich auch gerade."

Sie lacht und schüttelt den Kopf. Durch die beschlagene Brille sehe ich schwach ungleichmäßige Schaumberge, aus denen

48

die Umrisse einer Frau mit brünetten, sehr ansehnlich hochgesteckten Haaren, herausragen. Sie kichert.

„Merkst du den Alkohol auch so heftig?"

„Es geht so" lüge ich. Wenn ich jetzt schnell aufstehen müsste, hätte ich vermutlich arge Probleme das Gleichgewicht herzustellen. Deshalb verharre ich lieber in dieser sehr komfortablen Situation.

„Wie kommst du eigentlich immer auf diese ganzen abgefahrenen Geschichten für deine Kolumne?"

„Wieso abgefahren? Ich lasse mich einfach gerne zu entspannten Abenden einladen. Und dann setze ich mich an die Tastatur und lasse den Gedanken ihren Lauf."

„So, so. Und wie heißt die nächste Geschichte?"

„Der Arbeitstitel ist: Kurze Wege in fremde Badewannen."

Sie grinst und nickt. Durch die leicht geöffnete Tür zum Flur dringt ein Geräusch ins Badezimmer. Laura blickt in Richtung Flur. Schon wieder dieses Geräusch, wie ein trippeln. Das sind keine Schritte, aber jemand, oder irgendwas bewegt sich schnell durch den Flur.

„Hörst du das auch?" frage ich.

„Ja."

„Hast du noch mehr Badewannentaucheranwärter eingeladen?"

Wieder schnellt ein Fuß aus dem Schaum, aber diesmal bin ich vorbereitet und versuche ein, zwei Zehen mit den Zähnen zu erwischen, bin aber zu langsam. Sie lacht wieder.

„Nein, heute bist du der Einzige."

„Da bin ich ja zufrieden. Das ist ja auch besser bei den beengten Größenverhältnissen in deiner Badewanne. Und eine Schlange aus verdutzen, nur mit Badetüchern ausgestatteten Männern, die an der Badewanne anstehen, wäre trotz der angenehmen Temperaturen nicht so entspannt."

Ich merke, dass sich mein Entspannungsgrad auf die Länge meiner verbalen Ausführungen auswirkt.

„Du bringst mich auf interessante Gedanken. Aber das wäre wirklich nicht so entspannt." Sie zwinkert mir zu.

„Und wenn du mit jedem Rotwein trinkst, wäre das auch körperlich nicht ohne."

„Das kommt erschwerend noch hinzu.

Da ist wieder dieses Geräusch aus dem Flur. Diesmal etwas lauter, näher. Laura springt ohne Vorwarnung auf, zwei wohlgeformte Brüste schnellen haarscharf an meiner Nasenspitze vorbei, etwas Schaum landet auf den Gesicht, einschließlich der Brillengläser, und ein paar Liter Wasser ergießen sich auf die Kacheln. Der Luftzug des vorbeihuschenden Körpers lässt mich gefühlt meine Ohren anlegen. Ich habe mich ziemlich erschrocken. Laura wirft im Rausgehen den Bademantel über und ruft

„Luigi, wo bist du?"

Was? Wer ist Luigi? Gerade war es so entspannt. Mist. Hat Laura Mitbewohner, die sich aus Angst vor schaumigen Flutwellen aus dem Badezimmer verstecken? Ich höre Laura hektisch durch den Flur laufen. Erst von rechts nach links, dann von links nach rechts und wieder zurück. Nicht wundern, sage ich mir. Da hilft nur abwarten. Das Wasser ist warm, das Glas noch halbvoll und meine Haut ist sowieso schon aufgeweicht bis zum Maximum. Also lehne ich mich etwas zurück und nutze den Moment alleine in der Wanne, um meine Beine ebenfalls komplett im Schaumozean zu versenken. Noch ein kleiner Schluck Wein und dann halte ich das beschlagene Weinglas soweit hoch, das es das Licht der Deckenlampe verdeckt. Das sieht aus wie eine Kerze im rötlichen Nebel. Ich senke das Glas und suche eine andere Lichtquelle zum Abschirmen. Moment, die Tür hat sich einen Millimeter weiter geöffnet, aber Lauras Schritte sind nicht zu hören. Komisch, aber das passt alles zum Verlauf des Abends.

So heiß es auch hier ist, mir scheint, meine Finger kühlen außerhalb der Wanne sehr schnell ab. Ich stelle das Weinglas auf den Wannenrand und mache mich bereit für einen kurzen Tauchgang. Da nehme ich aus dem Augenwinkel eine Bewegung bei dem Wäschekorb neben dem Fußende der Wanne wahr. Ich setze mich auf und nehme die Brille ab. Nichts zu entdecken. Ich werde das Bild mal schärfer stellen und wische die Gläser der Brille sorgfältig mit dem Handtuch sauber. Dann scanne ich mit scharfgestelltem Blick erneut das Badezimmer. Nichts zu sehen. Aber ich fühle mich beobachtet. Dafür gibt es aber gar keinen Grund. Laura sagte, wir wären alleine.

Und dann sehe ich ihn. Und er mich. Er sitzt etwa einen Meter von der Badewanne entfernt auf dem Boden, umringt von den Wasserpfützen auf den Kacheln und blickt mich aus glänzenden schwarzen Augen an. Er wirkt ganz entspannt, obwohl er sich zu voller Größe aufgerichtet hat. Bestimmt ist er öfter hier.

„Luigi?" sage ich leise. Er reagiert nicht.

„Luigi!" wiederhole ich, diesmal etwas lauter. Luigi dreht den Kopf etwas nach links und schaut mich prüfend an. Das ist eine gute Gelegenheit, etwas über Laura rauszukriegen. Ich blicke ihn über das Rotweinglas hinweg an.

„Weißt du, ich habe immer geahnt, dass da jemand ist, von dem Laura nie spricht. Das war so ein Gefühl. Und so ist es ja auch. Wir können ganz offen sein. Also: Wie lang bist du schon bei ihr? Wie ist sie so im Beziehungsalltag?"

Er schaut mich an, verzieht aber keine Miene. Luigi wirkt ein bisschen träge auf mich. Wahrscheinlich schlaucht die Rumrennerei den ganzen Tag und dann noch die Hitze hier im Bad. Das ist auch ohne schweren Rotwein anstrengend genug. Ich bin unschlüssig. Entweder ist Luigi ein Hamster oder ein sehr kleiner, etwas dicklicher Chihuahua mit sehr kurzen Beinen. Ich kenne mich mit Haustieren nicht so aus.

„Ist er bei dir? Hast du ihn gefunden?" höre ich Laura aus dem Flur rufen. Die Tür schwingt auf.

„Aha, da bist du. Was habe ich dir gesagt?"

Sie nimmt den Hamster mit beiden Händen auf und hält ihn dicht vor ihr Gesicht.

„Warum rennst du immer weg? Gerade wenn ich mitten in einer Unterhaltung bin?" Dabei hält sie tadelnd einen Zeigefinder hoch. Luigi schaut sie teilnahmslos an. Wahrscheinlich denkt er sich gerade sowas wie „Schätzchen, ein Aufenthalt in der Badewanne mit einem mir unbekanntem Typen fällt nicht unter die gängige Kategorie Unterhaltung am Abend."

Laura und Luigi verlassen vereint das Badezimmer. Luigi wird vermutlich in seinen Käfig in Sicherheit verfrachtet. Genug Abenteuer für heute.

Dann kehrt Laura zurück. Ein Handtuch ist kunstvoll um ihren Kopf gewickelt. An den Füssen sind dicke Socken.

„Ich habe Hunger." sagt sie.

„Das trifft sich gut, ich nämlich auch."

„Gut, in zehn Minuten gibt es Nudeln mit Pesto. Schaffst du es alleine aus der Wanne und in die Küche?" Sie lächelt und verschwindet in Richtung Küche. Zehn Minuten. Zehn. Das ist nicht viel, um langsam aufzustehen, dabei das Gleichgewicht zu halten, die Wanne unfallfrei zu verlassen, Wasser und Schaum abzutrocknen, mich einigermaßen ordentlich anzuziehen und dann ohne Hitzeschlag die Küche aufzusuchen und die Konversation mit Laura ohne lallende oder anderweitig undeutliche Aussprache weiterzuführen. Nach dem Essen werde ich mit Luigi um das Dessert streiten. Schaffe ich.

Eine Sonnenblume wehrt sich

Die folgende Geschichte ist völlig frei erfunden, könnte sich aber so in einer beliebigen Kölner U-Bahnlinie abgespielt haben. Und zwar so gegen 5:45 h an einem kühlen Morgen. Auch Personen, die nicht im Rheinland geboren sind oder hier nur temporär ansässig sind oder waren, werden die Jahreszeit erraten.

Ein Pärchen wankt in die U-Bahn und setzt sich mir gegenüber hin. Eine Frau und ein Mann, beide geschätzt in den Dreißigern. Ich kann das nur grob abschätzen, weil beide verkleidet sind. Sie als Sonnenblume kurz nach der Blüte, er als Clochard oder leidenschaftlicher Kölner Dosenpfandsammler. Oder eine Mischung, das ist nicht so eindeutig. Vielleicht ist das ja gar kein Kostüm und ich tue ihm unrecht. Jedenfalls legt sie eine Hand auf seinem Oberschenkel und blickt etwas abwesend auf den Fahrplan an der Decke des Waggons. Vielleicht will sie auch nur einen aufkommenden Würgereiz unterbrechen? Das kann man derzeit öfter beobachten. Am besten mit etwas Abstand. Er blickt aus dem Fenster in die vorbeifliegende Dunkelheit. Beide kämpfen sichtbar mit der Müdigkeit und schweigen ein paar Haltestellen lang. Dann fragt er, ohne seinen Blick von der Dunkelheit zu lassen:

„Gehst du am Samstag wieder als Diskoflittchen?"

Sie wendet ihren Blick abrupt vom Fahrplan, nimmt ihre Hand von seinem Bein, verschränkt die Arme und sieht ihn an. Plötzlich wirkt die eben noch übermüdete Sonnenblume wach und präsent, wenngleich die Blütezeit schon vorbei ist. Sie atmet langsam und, trotz der Fahrgeräusche der Bahn, gut hörbar aus. Aber das ist kein entspannendes Ausatmen, welches man mit In-sich-ruhen oder Achtsamkeit oder einem sonnigen Tag auf der Blumenwiese in Verbindung bringen würde.

„Nein, diesmal nicht. Ich weiß noch nicht, als was ich gehe. Das Kostüm letztes Jahr sollte übrigens keine Diskoflittchen darstellen, sondern eine Diskotänzerin in den Siebzigern. Deshalb die Sterne, Glitzer, Fransen und so." Sie schaut ihn forschend an. Er tut so, als ob er gerade die Neuigkeit des Tages gehört hat.

„Ach so! Dann habe ich das ja völlig falsch verstanden."

Er beginnt zu lachen, erst kichernd, dann glucksend, verschluckt sich dabei und kriegt einen Hustenanfall. Viele Clochards sollen ja Kettenraucher sein. Das bringt das Leben an der frischen Luft so mit sich. Die Sonnenblume klopft ihm ein paarmal zur Erleichterung auf den Rücken. Dem Geräusch nach etwas fester als nötig.

„Danke, ich musste nur gerade an das Video denken, dass du damals am frühen Freitagmorgen auf Fatzebuch reingestellt hast." Wieder lacht er glucksend, stoppt aber vor dem nächsten Hustenanfall rechtzeitig ab.

„Und da schreist du die sehr gut gelaunten Besucher dieser Party laut und ernsthaft an: Ihr könnt mich alle mal! Ich bin die größte Diskoschlampe von allen! Du bist der Star in dem Laden, alle lachen und grölen und dann wirfst du ein Glas Bier auf den, der dich filmt und der Film stoppte abrupt."

Die Sonnenblume sitzt aufrecht und mit verschränkten Armen da. Ihre Nägel kratzen über die Oberfläche ihres Handys. Das gibt bestimmt böse Kratzer. Sie versucht sich offenbar an die damalige Situation zu erinnern.

„Das war eine tolle Fete. Ich weiß zugegebenermaßen nicht mehr jedes Detail, aber es war lustig."

Er kichert.

„Ja, die anderen reden heute noch gerne davon."

Sie neigt den Kopf etwas und lächelt ihn sanft an.

„Das kann gut sein. Ich habe den Typen, der gefilmt und den Film später hochgeladen hat, übrigens mit dem Glas getroffen. Und zwar mehrmals. Das ist auf dem Film leider nicht mehr drauf."

Aha, eine wehrhafte Sonnenblume. Sie fragt den gut gelaunten Clochard:

„Sag mal, was ist eigentlich mit deinem Hundekostüm?"

Er lacht noch mal und blickt sie dann verwirrt wegen des abrupten Themenwechsels an.

„Was soll damit sein? Das liegt doch im Keller, in unserer Karnevalskiste."

„Nein, wenn liegt es in deiner Karnevalskiste."

„Quatsch, ich hab doch keine Karnevalskiste. Meine Sachen liegen doch bei deinen in dieser weißen Pappschachtel oben im Regal, im Keller."

Die Sonnenblume schüttelt den Kopf. Jetzt erst fällt mir auf, dass fast alle der gelben Bestandteile der Blume fehlen. Auch Sonnenblumen tanzen anscheinend so, dass die Fetzen fliegen. Ihre Stimme ist jetzt ganz sanft.

„Ich habe letztes Jahr doch aussortiert, weil du meintest, die Sachen würden angeblich so muffig riechen. Und dein Hundekostüm war nach dem Abend bei Robert und Claudia ziemlich hinüber. Bier und so…"

Der Clochard sieht das ganz anders.

„Ach was. Das habe ich damals gewaschen. Bei 60 Grad. Das Teil kann das ab. Da roch nichts mehr muffig."

„Doch, doch. Das roch trotz der Wäsche nicht mehr so gut. Eigentlich roch es beschissen. Warte, nein, beschissen stimmt nicht. Hat sich dein bester Kumpel nicht übergeben und deinen Rücken und deinen puscheligen Hundeschwanz vollgereihert? So was geht schlecht raus…" Sie macht eine sehr effektive Kunstpause

„…und da waren doch noch dieser Lippenstiftspuren von dieser Schlampe aus der Südstadt drauf."

Er verdreht die Augen.

„Geht das schon wieder los? Da war nichts. Ben war eben schlecht und er hat es nicht mehr auf die Toilette geschafft. Da kommt eben vor, wenn richtig gefeiert wird."

Er hebt unschuldig die Schultern. Sie nimmt seine Hand, allerdings nicht so liebevoll wie am Anfang. Wahrscheinlich will sie verhindern, dass er flieht.

„Wie schön, dass du wieder das Wesentliche weglässt. Die Lippenstiftspuren waren alle rund um den Mund. Also ich meine die Schnauze. Und weißt du was?"

„Was denn?"

„Im Schritt roch es nach Parfüm."

„Was? Sag mal hast du das Teil ins Labor geschickt oder was? So ein Quatsch. Im Schritt roch es bestimmt nach allem, aber nicht nach Parfüm."

Er ist gleichzeitig empört und verunsichert, verschränkt jetzt auch die Arme und blickt mürrisch durch das Fenster auf der anderen Seite des dunklen Tunnels. Drei Frauen, offenbar Mitarbeiterinnen einer Reinigungsfirma, die am Fenster gegenüber sitzen, schauen interessiert rüber. Sie unterhalten sich tuschelnd, eine macht eine Handbewegung, die stark nach einer Ohrfeige aussieht. Sie kichern. Die Sonnenblume hat jetzt etwas strenges, Fräulein Rottenmeier-haftes an sich…

„Doch, doch, das ist mir am nächsten Tag gleich aufgefallen. Dieser süßliche Geruch, so was passt doch gar nicht zu dir. Du bist doch mehr der herb-männliche Typ. Oder passt so ein süßlicher Duft etwa doch besser zu dir? Habe ich mich da getäuscht?"

56

Ich finde ja, süßliche Düfte passen nicht zu Pennern. Auf der anderen Seite ist ein süßlicher Duft doch deutlich besser auszuhalten als der Gestank von Bier, Zigaretten und Urin. Die gerupfte Sonnenblume rückt ihren Kopf etwas näher an den mit aufgemaltem Bart und einem abgewetzten Hut ausstaffierten Kopf des Penners heran und wiederholt ihre Frage. Diesmal etwas lauter.

„HABE ICH MICH DA GETÄUSCHT?"

Der Penner, der sich Sorgen um sein Hundekostüm macht, ist jetzt deutlich in der Defensive.

„Boah, wir haben das doch geklärt. Da war nichts! Was ist jetzt mit dem Kostüm? Sag nur du hast es weggeschmissen? Das hat fast einen Hunderter gekostet."

Sie streichelt ihm sanft mit dem Handrücken über die Backe.

„Nein, nein keine Angst mein Schatz."

Sie lächelt ihn an, er blickt verunsichert zurück.

„Weißt du, der Geruch, gerade im Schritt war so unangenehm, dass ich Angst hatte der Mief könnte auf unsere anderen Kostüme überspringen." Sie lächelt kalt.

„Deshalb habe ich die muffigen Stellen rausgeschnitten…" Er blickt entsetzt und hält die Luft an.

„… und die Löcher habe ich mit den Resten von Carlas zerrissenem pinken Hasenkostüm   wieder gestopft. Das Hundilein ist jetzt braun mit ein paar pinken Stellen. Ist das nicht schön?"

Der Clochard lässt die Schultern hängen. Das ist wohl als Kapitulation zu verstehen.

„Schatz, können wir den Tag nicht etwas friedlicher beginnen?" Der Clochard sieht seine gerupfte, aber sehr bestimmend agierende Sonnenblume flehend an. Wird sein Flehen zu ihr durchdringen? Nein, die Sonnenblume demonstriert Härte.

„Du hast Recht. Ich ziehe mich auf meine Wiese zurück und du kannst gerne noch um die Häuser ziehen." Der Clochard ist entsetzt.

„Was? Es ist früher Morgen! Ich bin platt und will schlafen." Die Bahn hält quietschend. Die Sonnenblume springt auf und verlässt eiligen Schrittes den Wagen, gefolgt von einem gebückt schlurfenden Clochard. Die Beiden lassen einen strengen Geruch nach abgestandenem Bier und Zigarettenrauch zurück. Süßlich riecht da gar nichts, aber genauso wenig ist ein blumiger Duft zu erschnuppern.

The Telephone is ringing.

Es klingelt im Hause Winzohr. Ein Butler eilt ohne Anzeichen von Eile herbei und nimmt mit weißbehandschuhter Hand den goldenen Telefonhörer mit den elfenbeinweißen Sprech- und Hörmuscheln ab.

„Bei Winzohr."

„Hi James, Chantal Mäggle am Apparat. Ist Larry schon von der Jagd zurück?"

„Guten Tag Misses Mäggle, ich bin George. James ist unterwegs. He is on a Mission."

„Entschuldigung Sie bitte George. Da hab isch Sie verwechseld."

Sie schwäbelt. Wie immer wenn sie aufgeregt ist.

„No Problem. I'm used to this." George entfernt pikiert ein imaginäres Staubkorn von seinem schwarzen Jackett.

„Wissen Sie, ob Larry schon wieder unterwegs ist? Ich kann ihn nicht erreichen."

„Nein Mister Winzohr ist im Haus, hat aber Pflichten. Es ist Besuch da. Press Conference. Da sind viele Damen von der Presse. Sie sind Expertinnen. Das haben sie jedenfalls Mister Brainbottom, dem Pressesprecher gesagt.

„Larry macht eine Pressekonferenz mit Expertinnen? Expertinnen für was?"

„Mister Brainbottom sagte mir, mit einem überdeutlichen Augenzwinkern, das seien Expertinnen für Royals with Cheese. Also sie erfinden Cheese und schreiben darüber. Über königlichen Käse."

George legt die Stirn in Falten und überdenkt kurz über die aus seiner Sicht ungelenke Formulierung Royals with Cheese.

Das ist nicht gut, diese Formulierung. Das gibt nur weitere Nachfragen. Hier ist eine.

„Wie, königlicher Käse? Sie sprechen in Rätseln. Davon weiß ich gar nichts. Wir haben heute Morgen gesimst und er hat von einer Pressekonferenz heute Nachmittag nichts gesagt."

„Nun, es gab heute Morgen ein wenig Aufruhr, der eine Änderung des Tagesplans erforderte. Jemand von einem deutschen, wie sagt man, Rainbow-Magazine, ähm, Boulevard-Press, so etwas wie ein Fachblatt für Lokusse für unbekannte Prominente, hat angerufen. Der Anrufer, er war, sagen wir, er war etwas unpässlich."

„Unpässlich? Was meinen Sie damit?"

„Nun, Misses Mäggle, er schien mir alkoholischen Getränken im Übermaß zugesprochen zu haben."

„Oh."

„Ja, das war auch mein erster Gedanke." Er räuspert sich.

„Was wollte er?"

„Nun, er drückte sich etwas profan aus. Wie soll ich sagen, es ist…"

George denkt angestrengt über eine angemessene Formulierung nach. Misses Mäggle grätscht galant in den unfertigen Gedanken hinein.

„George, Sie können doch ganz offen mit mir reden. Sie kennen mich, seit ich mit meiner Mutter im Alter von zwei Jahren zum ersten Mal zu Besuch auf Schloss Winzohr war. Sie haben mir sogar die Windeln gewechselt. Mehrmals. Das war oft überfällig. Ich hatte ja als Baby diese schlimmen Verdauungsprobleme." Mäggle lacht gackernd in den Hörer.

„Ja, ich erinnere mich." George wendet kurz den Kopf vom Hörer ab und versucht den aufsteigenden Würgereiz zu unterdrücken.

„Ah George, schöne Erinnerungen." Sie kichert erneut. „Aber was wollte der angetrunkene Reporter denn nun?"

„Er sagte, ich zitiere, *Ich möchte wissen, wann bei euch endlich wieder gekalbt wird. Unsere Auflage sinkt, und das nicht erst seit gestern. Ich brauch mal wieder adligen Stoff. Also: Wann gibt es Nachwuchs? Hat endlich wieder mal jemand fremdgevögelt oder besoffen einen Rolls an die Mauer gesetzt?* Zitat Ende. Das waren seine Worte" George räuspert sich. „Und dann sagte er noch, er werde schon was rauskriegen und das an die große Glocke hängen, wenn wir nicht kooperieren. Eine unverhohlene Drohung, wenn ich mir die Bemerkung erlauben darf." Es bleibt daraufhin fast zwei Sekunden still im Hörer. Dann sind alle neuen Informationen in ihrer Gesamtheit erfasst worden.

„Wie aufdringlich. Wie ordinär. Unverschämt von diesem impertinenten Menschen." Es folgt erneut eine stille, gut hörbare Denkpause. Dann fasst sich Misses Mäggle ein Herz.

„Sagen Sie George, gibt es denn aktuell Vorkommnisse dieser Art bei den Winzohrs? Ich meine, es geht mich eigentlich nichts an, also, eigentlich doch, ich gehöre ja gewissermaßen dazu, und dann sollte ich schon Bescheid wissen, oder besser nicht, ich, äh, na ja, Sie kennen sich ja viel besser aus als ich."

Wieder bleibt es einige Sekunden still. Misses Mäggle lauscht angestrengt in den Hörer, ahnt aber, dass sie keine befriedigende Antwort bekommen wird. Schweigen ist höchste Butlerpflicht in diesem hohen Hause.

„Okay, George, bitte entschuldigen Sie meine Aufdringlichkeit. Vergessen Sie meine Frage. Was haben Sie dem unverschämten Kerl geantwortet?"

George räuspert sich kaum hörbar, verdreht dafür aber die Augen etwas mehr.

„Nun, ich habe wahrheitsgemäß geantwortet, dass Helene von Fischer, das Lieblingsrind von Prinz Ramsbottom, vor einer Woche erfolgreich ein gesundes junges Kälbchen namens Eurydike zur Welt gebracht hat. Eurydike entwickelt sich sehr positiv unter der Obhut ihrer Mutter. Und alle

61

Rolls-Royce befinden sich in tadellosem Zustand. Das bekräftige auch der Leiter des Fuhrparks, Mister Rangarr. Der Kerl von der Yellow Press, verzeihen Sie den Ausdruck, sein Name war Ludwig, lachte etwas heiser und sagte dann: Ich kriege euch noch und legte dankenswerterweise auf."

„George, sie kennen sich ja wirklich gut aus. Ich wusste gar nicht, dass Nigel ein Lieblingsrind hat. Ich dachte immer, so was gibt es eigentlich nur in…" Sie tastet wortlos nach dem richtigen Wort wie ein unterzuckerter Dschungelcamper „…in ländlichen Gebieten. Also bei uns in Baden-Würstchenberg. Oder in unzugänglichen Gebieten in der Eifel. Wo immer das auch ist."

George verdreht erneut die Augen.

„Misses Mäggle, es heißt Baden-Württemberg. Ich buchstabiere: B-a-d-e-n – W-ü-r-t-t-e-m-b-e-r-g. Und, Misses Mäggle, seien Sie versichert, diese Art der Beziehung zwischen Mensch und Nutzvieh ist in vielen, nein, sagen wir es deutlich, in *allen* konservativen Gegenden auf dem Land mit starkem kirchlichem Einfluss verbreitet."

Misses Mäggle hält die Luft an. George räuspert sich gepflegt und nimmt den Gesprächsfaden wieder auf.

„Bitte entschuldigen Sie meine forsche Belehrung. Ich hielt es aber für angebracht, Sie über diese allgemein bekannte Sitten zu unterrichten."

Misses Mäggle schluckt. Derlei Gebräuche sind ihr offenbar unbekannt.

„Allgemein bekannte Sitte? Was hat denn die Kirche mit der Beziehung von Mensch und Nutzvieh zu tun?" Ihre Stimme hat nun eine schneidende Schärfe. Es spricht nun die strenge Katholikin.

„Misses Mäggle, Sie verwundern mich etwas. Der Mensch soll sich die Erde untertan machen und dazu gehören auch die Tiere auf diesem Planeten, der Erde. Das sagt jedenfalls die heilige Schrift in der aktuell gültigen Fassung. Und diese Formulierung wird gerne wörtlich ausgelegt und gepredigt. Und die Schäfchen des Herren setzen das auf ihre Art um."

Die junge Misses Mäggle ringt einen Moment um Fassung.

„Das ist, ich muss, ich meine, ich werde das nachlesen."

Es folgen einige Sekunden, in denen einseitig schlimmes Kopfkino abläuft. Ein Verdacht keimt im Mäggleschen Gehirn und wird verbal zum Ausdruck gebracht.

„Sagen Sie George, ganz im Vertrauen, hat Larry auch ein Lieblingsrind? Oder generell ein Lieblingstier? Er hat bisher nichts dergleichen gesagt, aber ich wüsste schon gern, ob es da was gibt. Schließlich wird unsere Beziehung immer enger. Und er ist sehr sensibel..."

George denkt nach.

„Diesen Gedanken kann ich nachvollziehen. Nun, Mister Winzohr hat in dem Sinne kein Lieblingsstier. Er, er, er,..." Jetzt ringt der treue Butler George um Worte. Er stottert sogar, was für einen altgedienten Butler sehr ungewöhnlich ist. Aber er fasst sich dank seiner langjährigen Butlererfahrung auch sehr schnell wieder. Er muss sogar leicht grinsen.

„Mister Winzohr jagt gerne. Er jagt oft und gerne. Hasen. Gerade die mit den großen Löffeln. Die Hasenjagd macht ihm viel Freude und an manchen Tagen kann er gar nicht genug Hasen, nun, erlegen." George spürt, sensibel wie ein Butler bei den Winzohrs nur sein kann, wie Misses Mäggle am anderen Ende der Leitung nickt.

„Er liebt die Jagd, das hat er mir auch erzählt. Aber das verstehe ich überhaupt nicht. Er hat Skrupel, die Schale seines Frühstückseis zu öffnen. Weil er das als zu brutal empfindet. Das ist doch ein Widerspruch! Aber ich weiß, dass es rund um das Schloss unheimlich viele Hasen gibt. Im naheliegenden Black Forest muss es ja teilweise eine regelrechte Plage sein."

George nickt. Mit dieser Allegorie kann er gut leben.

„Ja, Plage erscheint mir der rechte Ausdruck zu sein. Viele Hasen versuchen sogar ins Schloss zu gelangen." Für eine halbe Sekunde huscht ein Lächeln über sein Gesicht. Mäggle stutzt.

„Die Hasen wollen ins Schloss? Das ist doch nicht Ihr Ernst. Was sollen die da? Futter suchen? Da sind doch immer so viele Menschen. Die Familie ist groß und täglich kommen hunderte Besucher vorbei. Und das ganze Personal auch noch. Und die ganzen Jäger, die die umliegenden Wälder durchstreifen. Und alles ist eingezäunt! Ich habe im Garten noch nie einen Hasen gesehen. Im Garten von Schloss Winzohr herrscht Ordnung! Das sagt der Obergärtner und ich bin sicher, er meint es auch so. Wieso sollten die Hasen ins Schloss eindringen wollen? In den Garten, gut, aber in das Schloss?"

George blickt versonnen auf einen schönen Wandteppich aus dem achtzehnten Jahrhundert, der Mitglieder der Familie Winzohr bei der Jagd zeigt. Der Prinz und seine Jagdgehilfen sind auf ihren Pferden aufgesessen und folgen ihrer Beute im Galopp durch den Wald. Der Prinz von Winzohr ist unzweifelhaft der Mittelpunkt des Gemäldes. Er zeigt mit seiner rechten Hand nach links, wo ein Hirsch, drei Füchse und mehrere Hasen in die Tiefe des Waldes flüchten. Der linke Arm ruht auf der Hinterflanke des Pferdes. Als einziger der Jäger hat er kein Jagdgewehr dabei. Sein Blick geht nach rechts, wo mehrere junge Frauen in farbenfrohen, etwas zu eng geschnittenen bunten Kleidern, ebenfalls zu Pferd, der Gruppe der Jäger in respektvollem Abstand folgen. Some things will never change hat der unbekannte Teppichweber in sehr kleinen Lettern mitten in das Laub des Walder eingenäht. George lächelt versonnen.

„Misses Mäggle, das Schloss und viele seiner blaublütigen Einwohner üben eine erhebliche Anziehungskraft auf Menschen und Tiere aus. Das war schon immer so."

Ein Seufzen ist in der Leitung zu vernehmen.

„Mein lieber George, ich erfahre heute mehr neues über die Familie meines zukünftigen Mannes, als ich in den letzten drei Jahren zusammen erfahren habe."

„Das ist wichtig Misses Mäggle. Die Fakten und die Gefühle sollen ja stimmen und zusammenpassen."

„Das haben sie schön gesagt. Bitte sagen Sie Larry, er soll sich nach der Pressekonferenz mal melden. Sonst verschwindet er wieder mit seinen Jungs auf irgendeine Party oder einen dieser ganzen Charitybälle. Und dann gibt es wieder Futter für die Presse. Ich wünsche Ihnen noch einen guten Tag. Vielen Dank, George."

„Ich werde Ihr Ansinnen ausrichten. Ich wünsche Ihnen ebenfalls einen guten Tag Misses Mäggle."

George, der Butler, legt den Telefonhörer zurück auf die Gabel. Früher gab es solche Gespräche nicht, dachte er. Da wurde Diskretion noch großgeschrieben. Klatsch gab es immer, aber es gab Grenzen bei der Berichterstattung. Die Tür zum Arbeitszimmer geht auf. Larry Winzohr lugt herein.

„George! Hier sind Sie." Der nächste Herzog des Hauses Winzohr betritt gutgelaunt den Raum.

„Die Pressemeute ist endlich weg. Die haben wieder Fragen gestellt. Hochzeit, Kinder, Lieblingsfarbe, sogar die Lieblingstiere aller Familienmitglieder wollten die wissen." Er schüttelt den Kopf. George nickt bestätigend.

„Es ist gut, dass die Presse weg ist, Sir. Bitte rufen Sie Misses Mäggle zurück. Sie hatte sie vergeblich versucht zu erreichen.

Sie hat wohl einige persönliche Fragen und würde diese gerne mit Ihnen durchgehen."

„Dann werde ich sie gleich anrufen. Danke sehr, George."

Larry Winzohr nickt dem Butler zu und verschwindet wieder in seinem Arbeitszimmer.

George war müde und gönnte sich ein ausführliches Gähnen. Ich habe nicht mehr die Selbstbeherrschung wir früher, dachte er. Gewohnheitsmäßig überprüfte er den korrekten Sitz seiner Kleidung. Alles in Ordnung. Wenigstens etwas. Als nächstes würde er das Küchenpersonal für das Abendessen instruieren. Es gab ein Dinner mit Regierungsvertretern aus Deutschland und der Schweiz. Da war immer jemand darunter, der großen Wert auf Laktoseintoleranz oder andere Unverträglichkeiten legt. Aber das Küchenpersonal würde damit diskret und angemessen umgehen. Business as usual.

George dachte an die kommende Presseberichterstattung über die heutige Pressekonferenz. Die Klatschpresse wird bestimmt einen ausführlichen Bericht über die Lieblingstiere derer von Winzohr bringen. Na ja, solange nicht die adelige Hasenjagd zu sehr in den Fokus gerückt wird, ist das wohl in Ordnung.

Kompetenz trifft auf Craft Beer

Dieser ganze Craft Beer-Scheiß nervt mich. Mir scheint, jeder Mensch mit Vollbart, Tattoo und Hang zum Panschen im Sandkasten braucht sein eigenes Beer. Also Beer, nicht Bier. Denn Bier wäre ja uncool. Auf jedem Etikett steht so was wie „schmeckt nach Kaffee und Schokolade." Tatsächlich handelt es sich meist um das altbekannte Malzbier, aufgepimpt mit einer Alkoholinfusion und verdichtet mit allem, was angeblich Bio ist und gerade so in Griffweite rumlag. Das Ergebnis ist ein zu viel von allem. Zu viel Malz/Kaffee/Schokolade...

Es klingelt. Jetzt schon? Der Handwerker wollte zwischen 15 und 16 Uhr hier aufschlagen. Es ist 14:35 Uhr. Kann ich bitte mal diesen Text fertigstellen?

Ich öffne die Tür und ein ziemlich genervter Heizungsfachmann mit rotem Kopf, kurzer Hose und Werkzeugkiste fordert jetzt meine ganze Aufmerksamkeit.

„Ich komme wegen der Heizung." grummelt er. Ich nicke, bitte ihn herein und er geht wortlos in die Küche. Dort angekommen, betrachtet er Heizung und Therme, geht dann von der Küche ins Wohnzimmer, schaut dort auf die Heizung, kehrt zurück und schaut mich mit einem „Ätsch, ich weiß mehr als du-Blick" an.

„Erstens: Die Heizung hat kein Wasser. Wenn kein Wasser da ist, kann auch nichts erhitzt werden."

Hört sich logisch an. Er öffnet die Klappe zum Bedienfeld der Gastherme, drückt ein paar Knöpfe und zeigt triumphierend auf eine Anzeige. Auf der Anzeige steht der

Zeiger nahe bei null. Unter dem Zeiger steht bar. Also Druck. Wenig bar heißt offenbar, es befindet sich wenig Wasser in der Therme respektive Heizung. Den zweiten Punkt teilt er mir nicht mit. Aber er hat ein Anliegen.

„Haben Sie einen Schlauch?"

Wahrscheinlich wollte er sagen: Zweitens:…

„Einen Schlauch? Was für einen Schlauch?"

Ich zeige auf ein kurzes Stück Kunststoffschlauch, welcher zufällig griffbereit in einer Rolle Küchenpapier steht. Offenbar ist mein Angebot so dämlich, dass er erst mal die Augen verdrehen muss. Es sind heute sonnige 24 Grad Celsius in der heimeligen Domstadt und er muss arbeiten. Bei Leuten, die keinen richtigen Schlauch zu Hause haben und deren Gastherme ungesunde Geräusche macht. Das kann schon etwas belasten. Augen auf bei der Berufswahl. Jetzt ist er noch viel mehr genervt.

„Einen Wasserschlauch!"

„Nein."

„In jeder Wohnung hier gibt es einen Wasserschlauch!"

Er verdreht wieder die Augen. Der herbeigerufene, in Heizungsfragen bestimmt sehr kompetente Handwerker verlässt stampfend meine Wohnung, um aus seinem, nach eigenen Angaben weit entfernt geparktem Fahrzeug einen Wasserschlauch zu holen. Klar gibt es in jeder Wohnung hier einen Schlauch. Zumindest einen in der Dusche.

Ich nutze die Pause im Wirken des Handwerkers und kehre eilig zum Schreibtisch zurück. Zurück zu meiner Hasstirade auf das neumodische Craft Beer. Genau, es schmeckt nach zu viel von allem. Ausnahme ist der Geschmack. Der brennt sich nicht so ein. Jedenfalls nicht im positiven Sinne. Stattdessen trinkt man diese alkoholisierte Malzmahlzeit und wundert sich dann über den pelzigen Geschmack in der Rachengegend. Letzte Woche habe ich ein Craft Beer probiert, welches im Mund das Aroma eines angekokelten Stückes Holz mit Nuancen von leicht schimmeligem Kaffeesatz und dunkler, garantiert zuckerfreier Bioschokolade vom Diskounter verströmte. Mein Fazit zu dieser tollen Brauinnovation: Da kann ich ja gleich beim Grillen einen Ast in die Kohle halten, etwas Rohrzucker draufstreuen und daran rumlutschen. Das ist günstiger, sieht aber zugegebenermaßen weniger cool aus.

Es rumpelt wieder im Treppenhaus. Der Heizungsfachmann ist zurückgekehrt. Er schnauft und sein Kopf ist noch etwas rötlicher als vorhin. Die kurze Hose kann dem ganzen Fachmann nicht ausreichend Kühlung verschaffen. Er schließt den von dem abgelegen geparkten Fahrzeug herbeigeholten Wasserschlauch an den Wasserhahn in der Küche an, das andere Ende an die Heizung in der Küche, dreht den Wasserhahn auf, bis eine für ihn zufriedenstellende Wassermenge erreicht ist, löst dann den Schlauch von Hahn und Heizung, wobei Restwasser großzügig auf die Fliesen verteilt wird, drückt ein paar Tasten an der Gastherme und scheint mit dem Ergebnis zufrieden zu sein. Schnell kritzelt er was in Handwerkerschreibschrift auf seinen Heizungsfachmanntätigkeitsnachweisblock, lässt mich ein Autogramm geben und verschwindet.

Somit dürfte das Problem der im abgestellten Zustand klopfende Geräusche produzierenden Heizung hoffentlich erledigt sein. Ich wische das Wasser auf den Fliesen in der Küche auf und versuche erneut meinen Gedanken in Richtung der Ablehnung von selbstgepanschtem Bier Ausdruck zu verleihen.

Wo war ich? Richtig, der angenehme Geschmack nach angekokeltem Holz. Etwas wirklich Positives bei diesen ganzen neumodischen Beeren will ich aber nicht verschweigen. Denn die Etiketten auf den Flaschen sind meistens wirklich sehr kreativ gestaltet. Sehr viel Schwarz, viel braun und als Eyecatcher mittendrin oder am Rand ein nettes Motiv. Ein Halbmond in Silber, ein Einhorn auf der Flucht vor dem Einhornschlachter oder ein deprimierter Gartenzwerg in rot-weiß. Das Etikett soll so den erhöhten Preis im Vergleich zu den herkömmlichen Bieren rechtfertigen. Reicht aber nicht.

Übrigens ist das ganze Reinheitsgebot-Gelaber bei den althergebrachten Biersorten genauso nervig wie der Tanz um das Craft Beer. Zum Glück gibt es in unseren Breiten eine breite Auswahl belgischer Biere für sehr breite Abende mit dicken Freunden. Kombiniert man diese gut trinkbaren belgischen Biere mit dem ungenießbaren holländischen Essen, kommt oft ein gelungener Abend dabei heraus. Womit ich keinesfalls dem unkontrollierten Genuss von alkoholischen Getränken huldigen will. Ich trinke selten was. So selten, wie ich mit Handwerkern zu tun habe. Ach, schau an: Jetzt fängt gerade die Heizung wieder an zu gluckern. Dabei ist sie gar nicht angestellt. Ist ja viel zu warm heute. Das hört sich ein bisschen an, wie das körpereigene Verdauungssystem in dem Moment, in dem es mit Kroketten oder Frikandeln mit Zwiebeln plus visuell undefinierbarer Soße konfrontiert wird. So schließt sich der Kreislauf.

Herr Dr. Büttenschrott verspätet sich etwas

„Sie können doch nicht einfach mit einem T-Shirt hier reinlaufen!"

Der Kellner blickt mich nachdrücklich herablassend an.

„Natürlich kann ich das. Habe ich ja gerade getan. Was ist mit dem Shirt nicht in Ordnung?"

„Was damit nicht in Ordnung sein soll? Soll das ein Witz sein? Das ist ein ehrenwertes Haus mit bewährten Regeln."

Er stemmt die Hände in die Hüften. Ich bin nicht beeindruckt. Ein Konflikt vor der ersten Nahrungsaufnahme des Tages. Das fehlt noch.

„Was wollen Sie von mir? Das ist ein freies Land und ich glaube die Gäste dieses Hauses interessiert meine Bekleidung null."

Ich blicke ihn an. Sein Hemd ist links etwas aus der Hose gerutscht. Danke für die Vorlage. Ich blicke ihn leicht pikiert an.

„Ihre Berufskleidung scheint mir nicht ganz in Ordnung zu sein…"

Er blickt an sich herunter, entdeckt seine Nachlässigkeit, erschrickt, dreht sich um und stopft hektisch das Hemd wieder in die Hose. Ich blicke mich um und sage laut:

„Wo ist denn hier der verantwortliche Oberkellner? Da sind ja unhaltbare Zustände hier! Hier, in diesem ehrenwerten HAUS!"

Das wäre geklärt. Ich wende mich ab und wieder der Suche nach dem Tisch mit meinen zum Brunch verabredeten Freunden zu. Was bilden sich die Leute ein, mein Outfit zu kritisieren? Ich kann rumlaufen so wie ich will. Die glauben hier doch nicht im Ernst, dass ich in diesem antiquierten Nobelschuppen im Dreiteiler mit Krawatte auftauche. Es sind 16 Grad draußen. Gut, es ist formell Winter aber deswegen laufe ich doch grundsätzlich nicht im Wintermantel hier rum. Jetzt ist aber Schluss mit diesen negativen Gedanken. Der Laden hier ist groß und unübersichtlich. Ich stoppe eine vorbeieilende Kellnerin:

„Guten Tag, ich suche einen Tisch, der auf den Namen Etagere gebucht ist. Für, ich glaube, vier Personen."

Sie legt einen Zeigefinger an die Lippen. Sie überlegt.

„Hm, da gibt es, glaube ich, zwei Buchungen auf diesen Namen. Ich schaue mal eben nach."

Zwei Buchungen auf den Namen Etagere? Aha. Es gibt keine Zufälle. Alles ist vorbestimmt. Habe ich irgendwo gehört oder gelesen. Sie geht an die Theke und blickt in ein großformatiges Buch, in dem mit kryptischer Handschrift Namen und Uhrzeiten eingetragen sind.

„Genau, zwei Buchungen. Einmal für vierzig Personen, der Tisch ist im nächsten Raum links, direkt am Fenster zum Rhein und die andere Gruppe, das ist eine Gesellschaft mit 129 Personen, die ist im Obergeschoss, im Saal „Belladonna". Sie lächelt mich gütig an.

„Aha." Das hilft mir nicht weiter. Meine Verwirrung ist mir wohl ins Gesicht geschrieben. Die junge Servicekraft blickt nochmal in das dicke Reservierungsbuch für mehr Details.

„Das eine ist eine Karnevalsgesellschaft, das andere ist der monatliche Stammtisch der Fastengesellschaft für junggebliebene Katholikinnen aus dem Bergischen."

Sie lächelt mich erneut an. Dabei prüft sie mein Outfit und kommt zum gleichen Schluss wie ich. Nämlich, dass ich weder in die eine noch die andere Gruppe passe.

„Beide Gesellschaften erwarten jeweils ihren Festredner. Einen Herrn Dr. Büttenschrott und einen Herren Rahmknödler. Sind sie vielleicht einer der Herren?"

Mit Rahmknödeln habe ich nur selten zu tun. Aber Dr. Büttenschrott ist ein schöner Name. Lautmalerei und Bedeutung gehen da bestimmt fröhlich Hand in Hand. Ich könnte improvisieren und für einen oder sogar beide Redner einspringen. Eine ausführliche Publikumsbeschimpfung mit Unterhaltungsgarantie kriege ich mittlerweile auch ohne Vorbereitung hin. Aber ich habe Hunger. Und das Verlangen nach Konversation mit netten Menschen. Wo sind meine Freunde? Oder: Wo bin ich? Ich schüttele den Kopf.

„Vielen Dank, ich werde mal bei den anderen nachfragen. Danke sehr."

„Bitte sehr." Warum grinst sie mich so breit an? Freches Ding. Ich ziehe mein Schlauphone aus der Innentasche des Jacketts. Es ist auf leise gestellt. Keine Nachrichten. Keine Anrufe. Ich hole mein kleinformatiges Notizbuch hervor. Die Adresse stimmt. Das Datum auch. Die Uhrzeit auch. Bin nur leicht spät dran. Puh, also bin ich schon mal richtig. Das hilft etwas um den Puls in ruhigere Bahnen zu lenken.

„Herr Dr. Büttenschrott?"

Ich drehe mich um. Laetizia! Sofort entspanne ich mich und bin augenblicklich Herr Dr. Büttenschrott.

„Ja bitte?"

„Mein Name ist Laetizia Etagere, Vorsizende der katholischen Fastengesellschaft aus dem Bergischen. Darf ich sie in den Raum nebenan bitten? Mehrere ausgehungerte Personen erwarten ihre Tischrede zum Thema: Wenn andere einen Tisch buchen, dann gibt es was zu lachen." Sie reicht mir ein Glas Prosecco.

„Natürlich. Ich werde auch kurz auf die inhaltliche Bedeutung des Namens Büttenschrott für die fünfte

73

Jahreszeit im Rheinland hinweisen. Und den daraus resultierenden Folgen für die vom Karneval Betroffenen. Beziehungsweise Infizierten."

„Sehr gut. Bitte folgen Sie mir."

Erleichtert folge ich der Aufforderung. Beim Vorbeigehen grinst mich die Kellnerin erneut frech an. Na warte... Ich werde heute viele, viele anspruchsvolle Extrawünsche äußern. Das Personal hier wird richtig ackern müssen.

Stoppt die zuckersüße Gefahr!

Uff. Noch zwei Tage bis Weihnachten und ich merke deutlich wie platt ich bin. Die letzten Monate waren gut gefüllt und es gab einiges zu knabbern. In mehrfacher Hinsicht. Seit Anfang Dezember wurde ich mehrfach mit Plätzchen beschenkt und habe schon seit einer Woche mein After Christmas-Gewicht. Bei den Vorbereitungen für eine Hochzeit letzte Woche brauchte ich fünf Anläufe zum Binden und dem korrekten Sitz der Krawatte. Nur um festzustellen, dass deren Rückseite nach vorne zeigte. Wobei das schon wieder fast nach einem kreativen Ausdruck meiner Persönlichkeit aussah. Langsam scheint eine längere Pause angebracht zu sein.

Esstechnisch werde ich dieses Mal an den Feiertagen etwas Neues, etwas komplett anderes ausprobieren. Ich habe meinen Fleischkonsum in diesem Jahr drastisch reduziert. Das war auch nötig. Der gesunde und von der Gesellschaft für extrem genussvolles aber leicht verkürztes Leben (GegalvL) empfohlene Dreiklang aus jeweils einem Drittel Fleisch, Süßigkeiten und Alkohol ließ mich innerlich und äußerlich aus den überlasteten Fugen treten.

Aber dieses Jahr gibt es einen Braten zum Fest. Einen angeblich extrem zarten und duftenden Braten. Ein mir bis dato nur vom Hörensagen bekanntes Tier hat mein Bild des Tierreiches auf den Kopf gestellt. Medial ist es überall präsent und es gibt Plüschtiere, Zahnbürsten und Kondome in der Form und Farbe dieses Tieres. Ich meine natürlich das gemeine, furchtbare und zuckersüße Feld-, Wald- und Wieseneinhorn. Es gibt ja eine regelrechte Einhornplage in diesem Land. Angeblich dürfen Spaziergänger, die in den Wäldern rund um Köln spazieren gehen und auf die Viecher treffen, diese spontan jagen oder einfangen. Auch ohne Jagdschein. Es gibt Menschen und Firmen, die wollen plötzlich in ihr Firmenlogo ein oder mehrere Einhörner integrieren. Weil das ja so furchtbar süß aussieht. Glücklicherweise arbeite ich nebenbei als hochbezahlter Spezialist für Trendexorzismus und kann meine Patienten schnell wieder von der Debilitätsgrenze zurück ins wahre Leben führen.

Gestern wollte man mir in einer Drogerie in der völlig überfüllten Kölner Innenstadt Proben eines neuen Glitzer-Einhornduschgels andrehen. Eine junge, durch dunkelbraune Schminke und eine dunkelblaue Lippenstiftfarbe optisch entstellte Verkäuferin sagte zu mir:

„Das duftet wunderbar nach Zuckerwatte, feinen Butterplätzchen und lädt zum Kuscheln mit Ihrer Liebsten ein. Jede Frau liebt diesen Duft."

Ich habe den zuckersüßen Vortrag sofort feinherb-männlich gekontert. Das tue ich immer, sobald mir mein Körper durch sachtes aufrollen der Fußnägel und gleichzeitiges Aufrichten der eigentlich frisch ausrasierten Nackenhaare dazu die Anweisung erteilt.

„Meine Hausärztin warnt vor diesem Zeug. Sie sagte mir in deutlichem Ton, dass Einhornduschgels aufgrund des ungesund hohen Anteils von Zuckerwatte und Zuckeraromen Diabetes und Herzverfettung auslösen können."

„Was? Im Ernst?" Die junge Drogistin fasste sich betroffen ans Dekolleté. Ein deutliches Zeichen für mich, weitere Hintergründe in dieser Angelegenheit aufzudecken.

„Ja sicher! Viele junge Frauen sind davon betroffen. Wenn das Badezimmer der Betroffenen auch noch primär in pink gehalten und reiten ihr Lieblingshobby ist, droht zusätzlich die Gefahr, deutlich mehr als 20 Jahre Single zu bleiben. Weil ein Großteil der Männer diese aparte Mischung aus Zuckerwatte und Pferdedung olfaktorisch als Zumutung bewertet. Und der Rest ernährt sich ausschließlich von rohem Fleisch und riecht selber nach Pferd."

Sie war etwas schockiert von dieser sehr detaillierten Einnordung zum Thema Einhornduschgel und wurde blass. Trotz Selbstbräuner. Ich habe mich natürlich sofort nach Ihrem Befinden erkundigt.

„Geht's Ihnen gut? Ihre Lippen sind so blau wie der Abdruck der Hufe eines Einhorns in schneeweißen Wolken."

Daraufhin brach sie ihre nervigen Promotion-Bemühungen fruchtlos ab.

Zurück zum Braten. Woher kriegt man nun dieses zarte Einhornfilet, ohne selbst auf die Jagd zu gehen? Glücklicherweise ist direkt neben meinem Wohnhaus ein Kosmetikinstitut mit integrierter Einhornanbindestelle. Also war es nur eine Frage der Zeit, bis das erste Fabeltier dort auftauchen würde. Das brachte mich auf eine Idee.

Gestern war es soweit. Ein Einhorn parkte auf dem Gehweg vor dem Institut. Unauffällig habe ich das Halteseil durchtrennt und das Einhorn mit einer per Sprühdose pink gefärbten Möhre auf die direkt davor liegende Bushaltestelle gelockt. Genau rechtzeitig zum Eintreffen des Buses Richtung Innenstadt. Der wie gewohnt unachtsame und generell sehr spät bremsende Busfahrer der örtlichen Verkehrsbetriebe hat den Rest erledigt. Allerdings hat der arme Kerl ein Horntrauma davongetragen. Die auf dem Bus wartenden Kinder und Mütter waren schockiert. Die Männer applaudierten. Ein älterer Herr mit Anzug und Krawatte sagte im Vorbeigehen zu mir: „Wieder eins von diesen Drecksviechern weniger."

Auf dem Pressefoto des Unfalls sieht man ein erstaunt blickendes Einhorn mit pinkfarbener Möhre im Maul. Kurz vor dem Aufprall hat das Einhorn, durch das laute Hupen des Busses irritiert, den Kopf in Richtung Bus gewendet und das Horn plus anhängendem Einhorn blieb auf Höhe des Fahrers in der Scheibe stecken. Der Fahrer wurde direkt einem Psychologen überstellt. Ich bedaure die Unannehmlichkeiten für alle Beteiligten.

Bevor die Polizei an Ort und Stelle erschien, haben ein paar handwerklich begabte Passanten und auch ich schnell etwas frisches Einhornfilet für den Eigengebrauch entnommen. Zum Glück war ich wieder zurück in meiner Wohnung, bevor die frisch kosmetisierte Besitzerin des nervigen Modetieres aufkreuzte. Ich kann nämlich stark geschminkte Frauen nicht weinen sehen.

Am Ort des Geschehens roch es übrigens noch Tage später deutlich nach Zuckerwatte und Blumen. Ich hoffe jetzt nur, dass das Fleisch nach dem Würzen einen anderen Geruch verströmt. Zur Not gibt es Einhorntopf nach Jäger Art. Champignons rein, alles wird mit brauner Soße überzogen, Serviettenknödel dazu und fertig.

Übrigens: Ab dem zweiten Weihnachtsfeiertag bis zum neuen Jahr faste ich und esse ausschließlich Plätzchen. Aber vorher sortiere ich die pink gefärbten Plätzchen aus. Die sind mir zu süß.

Irgendwas mit Mode

Geschafft! Ich bin unversehrt. Fast vier Stunden war ich mit meiner zauberhaften Begleitung in der Kölner Innenstadt unterwegs. Nun kann und werde ich zwei alte, löchrige Hosen, die irgendwann mal neue, gutaussehende Jeans waren, gegen zwei wirklich neue, gutaussehende und natürlich figurbetonte Jeans austauschen. Drei neue Pullis habe ich nach intensiver Anprobe auch gekauft. Die passen gut und stehen mir, laut meiner zauberhaften und immer die harte Wahrheit aussprechenden Begleitung, auch noch sehr gut. Also werden kurzfristig auch ein paar meiner alte Pullis entsorgt.

Jetzt werden gleich ein paar Nörglerinnen direkt einwenden: Ja, ja, vier Stunden zum Anprobieren und aussuchen von fünf Kleidungsstücken. So schnell geht das ja gar nicht. Das wird ja selbst beim Online-Shopping knapp. Doch, es geht. Denn das Tolle ist, alle genannten Klamotten habe ich in ein und demselben Laden erstanden. Sonst hätte ich dieses enorme Einkaufspensum auch nicht geschafft. Klamottenkauf überfordert mich. Allein die Suche nach der richtigen Hosengröße in diesen unzähligen Klamottentürmen löst erhebliche Aggressionen bei mir aus. Das Etikett mit den Größenangaben ist immer an einer nicht einsehbaren Stelle angebracht. Also muss jede Hose erst vom Stapel genommen, ausgeklappt, auf links gedreht und dann aus den chinesischen Schriftzeichen per Dreisatz und Wahrscheinlichkeitsrechnung die Hosenweite und -Länge berechnet werden. Und diese Aufgabe ist bei dem großen

Angebot an Hosen aller Couleur in den einschlägigen Läden schon sehr langwierig.

Natürlich bewegen sich die kompetenten Verkäuferinnen dieses Hauses, die vermutlich ohne auch nur hinzusehen direkt die passende Hose aus dem Stapel ziehen könnten, nur in den Damenabteilungen dieses Kaufhauses. Weil sie genau wissen, wie anspruchsvoll und anstrengend die Beratung eines Mannes mit kurzer Lunte beim Kauf von ästhetischer Kleidung ist. Deshalb kaufe ich Kleidung nur in weiblicher Begleitung. Begleitung, die ich zuvor sehr sorgfältig ausgesucht habe. Trotzdem führt die Anspannung bei mir zum vermehrten Gebrauch von Schimpfwörtern außerhalb des Grundgesetzes. Was meine geduldige Begleiterin glücklicherweise nur mit einem schwer interpretierbaren Grinsen quittiert.

Alleine Klamotten kaufen geht gar nicht. Das führt nur zu Verzweiflungszuständen und dem starken Wunsch, das sogenannte Modehaus zeitnah komplett abzufackeln. In der Umkleidekabine stelle ich dann im Regelfall fest, dass ich die Größenangaben Weite und Länge wieder mal verwechselt habe, Slim Cut wirklich für Schlimm geschnitten steht und die Ablagemöglichkeiten in der Kabine, die offensichtlich sonst als muffiger Abstellraum für gebrauchte Altsocken genutzt wird, gerade ausreichen, um die eigenen Klamotten abzulegen oder aufzuhängen. Trete ich dann mit dem testweise angelegten Beinkleid vor den Spiegel und betrachte mein neu bekleidetes Ebenbild sehr kritisch, kommen sofort die Kernfragen der Existenz auf: Ist die Hose zu lang oder zu kurz? Kann ich es wagen, mich auf einen Stuhl zu setzen ohne eine Anklage wegen der Zerstörung von angeblich so belastbaren Arbeiterklamotten von dem Modehaus zu bekommen? Ist es normal, dass da diese Falten im Umfeld des Schrittes sind oder weist die Oberflächenspannung auf mangelnde Berstfestigkeit des blauen Beinkleides hin? Fragen über Fragen und natürlich ist gerade dann kein Philosoph anwesend, der hier weiterhelfen könnte.

Halbprofessionelle Nörglerinnen werden schon meine Vorliebe für das Wort „Klamotten" bemerkt haben. Ich sage eben nicht hochmodische Kleidung aus naturnaher Bioproduktion, sondern schlicht Klamotten. Solange ich diese nicht angezogen habe, sind es einfach Klamotten. Dann erst, durch den Akt des sorgsamen Auswählens, dem achtsamen An- oder Überziehen, wird es zur Kleidung, die den Charakter des Trägers unterstreicht, seinen Intellekt durch Wahl der sehr dezenten Farben andeutet und durch Stil, Schnitt und dem gekonnten Blick des Designers für das Wesentliche zu begeistern weiß.

Angeblich stehen mir figurbetonte Klamotten gut. Wobei, figurbetont sind nach den Weihnachtsfeiertagen gefühlt fast alle meine Klamotten. Diese Art der Betonung ist allerdings etwas, sagen wir, ambivalent. Ich bin aber gerne ambivalent unterwegs. Ambivalent Cut ist dann vermutlich das Fachwort in der Modeindustrie für die entsprechende Jeans. Das heißt dann soviel wie: Sitzt eng am Bein, hat aber ausreichend Stretchreserven für leichte bis mittelschwere Bewegungsabläufe, wirkt an Männern kleidend und gut geschnitten und bei Frauen Skinny, Bitchy oder Horny und begeistert durch die blaue Farbgebung, der auf Wunsch durch Herausschneiden oder Herausreißen von etwas Material in der Kniegegend noch ein trendiger Touch verpasst wird.

Wichtig ist, dass ich mich in den Klamotten wohlfühle und direkt nach dem Kauf ein gutes Café zum Stressabbau (bei meiner Begleitung) und Koffeinzufuhr (bei mir) aufgesucht wird. Das haben wir auch getan. Auf dem Weg dorthin haben

81

wir sogar noch einen überfüllten Kosmetikladen durchquert und sie hat einige gut duftende Produkte erstanden. Wahrscheinlich zur olfaktorischen Stützung ihres Nervenkostüms. Also war es ein duftender Stützungskauf.

Sensible Fashion Victims und zwanghafte Klamottenkäuferinnen mit Hang zum Endlosshoppen werden mich nach diesen Zeilen wieder aufrichtig hassen. Aber keine Angst: Das ist euer Problem, nicht meins. Es gibt viele schöne Dinge die man mit, als auch ohne Kleidung tun kann. Das kann jeder selber entscheiden. Mit diesen kryptischen, auch für mich nicht direkt nachvollziehbaren Sätzen beende ich jetzt diesen Text, der innerhalb eines Zeitraumes von etwa dreieinhalb Stunden entstanden ist. Davon habe ich gut eineinhalb Stunden auf dem Sofa geschlafen, eine Viertelstunde mit Tee trinken und essen verbracht und den Rest der Zeit bewegten sich meine Finger über die Tastatur. Und der Kopf dachte relativ teilnahmslos: Irgendwas mit Klamotten.

Philharmonisches Bühnentauchen

„Das geht nicht!" sagt sie.

„Was geht nicht?" frage ich irritiert.

„Du kannst nicht auf einem klassischen Konzert in der Philharmonie tanzen!"

„Wieso? Diese Musik ist eindeutig groovy."

Sie stöhnt leise dieses Ich verstehe das nicht-Stöhnen.

„Das magst du ja so empfinden. Die Leute gucken aber schon komisch."

„Die haben eben nicht mein gediegenes Rhythmusempfinden. Außerdem hat der Moderator vorhin gesagt, man darf hier drin nicht fotografieren. Und seitdem fotografieren alle wie verhaltensgestörte Handy-Autisten ohne jede Selbstbeherrschung. Von Tanzverbot hat er nichts gesagt."

Ich gehe gern in die Philharmonie in Köln. Der Raum, die Akustik und die wundervollen musikalischen Darbietungen bilden im Regelfall eine ästhetische Einheit. Wenn ich dann noch bei der Auswahl des Pausenweines meine Begleitung zufriedenstelle, kann ich ohne Übertreibung von einem gelungenen Abend reden.

Diesmal gab es Highlights von Bartok, Kasimir-Klaus von Schostakowitsch und ein paar langsame Werke des völlig unterschätzen Luigi Rallentare zu hören. Der Saal war voll. Den Anfang machte Bartok. Er war aber aus Termingründen nicht selber anwesend, ließ aber durch den Moderator zu Beginn des Konzertes Grüße ausrichten.

Im dritten Satz passierte es: Ich verlor bei der praktischen Ausführung eines gerade erdachten Tanzschrittes das Gleichgewicht und fiel über die Brüstung vorn über. Aber die Hände der ekstatisch klatschenden Menschen fingen mich auf und ich wurde sanft über die Köpfe des Publikums von den Blöcken C, B bis A getragen. Ein Geiger machte den Dirigenten per Fingerzeig auf meinen ungeplanten Ausflug aufmerksam. Sofort reagierte der Maestro. Das Orchester war von meiner eher von Metalkonzerten bekannten Einlage begeistert und improvisierte unter der schwungvollen Anleitung des Dirigenten spontan einen treibenden längeren Instrumentalpart, der sich schließlich zu einer phantastischen Version des alten Deep Purple-Klassikers Space Truckin' auswuchs. Die beiden Harfenspieler übernahmen dabei die Rolle der E-Gitarre, die Bratschisten übernahmen die Bassuntermalung, der Trommler trommelte und der Rest spielte die Orgelparts. Gesungen hat aber keiner. Dafür summten Teile des Publikums den Text halblaut mit. Die Begeisterung des Publikums steigerte sich zum Orkan. Meine Reise durch diesen epischen Saal trug mich bis vor die Bühne. Dort wurde ich sicher abgesetzt. Ich verbeugte mich vor dem Dirigenten und dem Orchester und der Dirigent tat es mir gleich und ließ seinen Taktstock mit gekonnter Anmut schlackernd durch die begeisterungsschwangere Luft dieses Tempels der Künste fliegen.

So kehrte ich beschwingt und unter vielen neugierigen Blicken zu meinem Platz zurück. Meine Begleitung sah etwas blass aus. Ich konnte sie aber von meiner Unversehrtheit schnell überzeugen. An meinem Platz angekommen, ließ ich die Hüfte noch ein paar Mal schmerzfrei kreisen und setze mich dann wieder. Ich will ja niemandem den musikalischen Genuss durch extrovertierte Bewegungen zerstören.

Noch vom Adrenalinschub aufgeputscht, flüstere ich meiner stilvollen Begleitung etwas zu.

„Früher ist man von der Bühne ins Publikum gesprungen. Heute wird man auf Händen zur Bühne getragen. Das ist schon toll."

„Du bist unvorsichtig. Wenn die Leute dich nicht aufgefangen hätten, wärst du vermutlich pogoartig im Orchester eingeschlagen und hättest für erhebliche kulturelle Ausfälle gesorgt." Ein interessanter Gedanke.

„Keine schlechte Idee. Das probiere ich beim nächsten Mal aus."

Übrigens waren nicht alle von der improvisierten Programmänderung begeistert. Die etwas zickige erste Geigerin protestierte beim Dirigenten über die aus ihrer Sicht ungehörige musikalische Neuinterpretation. Sie fand aber kein Gehör. Im Gegenteil wurde sie ihres Instrumentes beraubt und musste fortan den Rest des Abends neben dem Pianisten sitzend als Luftzufächlerin und Notenblattumblättnerin tätig werden.

Der große Gurkendeal

Der Sommer in Köln ist anstrengend. Jeden Tag gibt es im Umkreis von 5 Fußminuten bis 10 Fahrradminuten ungefähr 50 brauchbare Partys, Konzerte, Events oder was auch immer der Mensch zur Ablenkung und Unterhaltung braucht. Da müssen jeden Tag Entscheidungen getroffen werden. Diese Vielzahl an Optionen hat man sonst nur beim Online-Dating oder in der Stadtbibliothek. Aber das ist heute alles viel zu aufwendig. Deshalb habe ich mich heute spontan für eine Elektroparty in einem nahen Park entschieden. Ich glaube jedenfalls, dass das hier eine Elektroparty ist. Der Bass bollert jedenfalls sehr ordentlich. Nicht weit entfernt kreist eine gut gelaunte Menschenmenge tanzend und schwitzend um sich selbst unter einer schweren Wolke aus Rauchwaren. Der Tanzstil der Elektrosommertanzenden changiert zwischen ruppigem Elektro-Ausdruckstanz und hektischer, sehr individueller Wespenabwehr. Irgendwo dahinter muss ein DJ unter einem weißen Zeltdach vor sich hin mixen. Das wirklich angenehm hörbare Ergebnis liegt irgendwo zwischen Ambient, Trance und Techno. Also doch Elektro. Bei diesen elektronischen Musikstilen bin ich Konsument ohne jede Fachkenntnis.

Jetzt liege ich hier auf einer Decke, starre in den blauen Himmel, mein Kopf liegt auf den Beinen meiner süßen Begleitung, ich esse mundgerecht zugeschnittene Teile von Honigmelonen sowie Teigtaschen mit unbekannter Füllung und genieße dazu unterschiedliche Kaltgetränke in unterschiedlichen Graden der Kühlung. Und überlege, wie ich mit dem erheblichen Gurkenüberschuss in meinem Kühlschrank umgehen soll.

Heute Morgen war ich ausnahmsweise sehr empfänglich für Sonderangebote vom Gemüsehändler. Jetzt liegen fünf deutsche Gurken im Gemüsefach meines Kühlschrankes. Ein Kilo Bananen für einen Euro ist ja schon Standard, fünf Gurken für einen Euro sind die absolute Ausnahme. Hoffentlich gibt es bei übermäßigem Gurkenkonsum keine negativen Begleiterscheinungen für den Körper. Dieser Gemüsekauf war wirklich ungeplant. Die Verlockung war einfach zu groß. Ein Euro für fünf ausgewachsene deutsche Gurken ist schon ein Wahnsinnsdeal.

Ich sollte die Sache jetzt aber mal rational betrachten und bewerten. Fünf Gurken sind ziemlich genau 50 Prozent meines durchschnittlichen Gurkenverbrauchs pro Jahr. Allerdings esse ich grundsätzlich zu wenig Gemüse und Grünzeug. Eine gute Gelegenheit also, die Ernährungswaage wieder in den Ausgleich zu bringen. Wie kann das im Detail aussehen? Ich werde wohl kurzfristig eine große kalte Gurkenschale produzieren müssen. Passt gut bei der Hitze. Und einen richtig großen Gurkensalat mit Jogurt und leckeren Gewürzen anrichten. Fehlt allerdings noch der Jogurt und die leckeren Gewürze. Jogurt verwende ich so gut wie nie in der Küche.

Gibt es nicht auch Cocktails in denen dekorativ Gurkenstücke schwimmen? Das geht nicht, es würde ewig dauern bis die Gurken aufgebraucht sind. Und ich mag sowieso keine gurkenhaltigen Cocktails. Das ist bei den hohen Temperaturen auch bestimmt nicht unschädlich. Es muss doch noch andere Optionen geben. Klar, wenn ich jetzt mein Schlauphone raushole, könnte ich zeitnah unzählige Vorschläge für Gerichte mit Gurken bekommen. Dazu müsste ich aber meinen rechten Arm bewegen und in der rechten

Tasche der mittelkurzen Hosen nach dem Handy kramen. Das würde die sehr entspannte aktuelle Liegeposition beeinträchtigen. Ich lass das lieber. Man muss auch mal auf die eigenen vorhandenen Ressourcen zurückgreifen und diese ausschöpfen, bevor schon wieder das Netz befragt wird.

Natürlich könnte ich auch einfach ein paar Menschen in meinem Freundeskreis ein paar Gurken aufdrängen. Ich meine natürlich schmackhaft machen. Ich muss ja nicht das ganze Gemüse selber aufbrauchen. Abgeben und teilen ist doch grundsätzlich was Schönes. Dann haben noch mehr Menschen was von meinem Gurkendeal.

Ein Fußball rollt auf die Decke und wird von meinem linken Fuß abgestoppt. Ein braungebrannter Typ mit Rasta-Wuschelfrisur kommt vor dem Decke abrupt zu stehen und grinst mich an. Ich grinse mit Honigmelone im Mund zurück und kicke den Ball wieder zurück in Richtung des verdorrten gelben Rasens. Der Typ hebt den Daumen und schon balgen sich wieder fünf, sechs Hobbyfußballer in einer Staubwolke um den Ball. Bei jedem Schuss nach irgendwo wird ein paar Grashalmen mehr der Garaus gemacht. Jetzt bin ich ganz raus aus dem Gurkenkonzept.

Es wird immer voller hier. Obwohl die Party seit dem frühen Nachmittag läuft, kommen immer noch Menschen vom nahen Parkplatz und der U-Bahnstation her geströmt. Ein paar Decken und Besuchern weiter sitzt ein sehr großer Hund mit hellbraunem Fell und blickt entspannt auf seine wuselige Umgebung. Sein Wassernapf ist gut gefüllt. Alle paar Minuten reicht ihm sein dösendes, großflächig tätowiertes Frauchen ein Leckerchen. Bei diesem kulinarischen Angebot werden die Musik und der seltsame Geruch zur Nebensache. Mit Melone kann ich den bestimmt nicht ablenken. Er gähnt. Ich auch. Die Hitze macht müde.

Der Hund trägt ein grünes Halsband. Es dürfte sich um ein kräftiges Gurkengrün handeln. Ich trinke den letzten Schluck des viel zu warmen Radlers aus der Plastikflasche. Die warme Brühe schmeckt nur noch nach Zucker. Der erhoffte Erfrischungseffekt bleibt aus. Im Gegenteil. Ich gähne erneut. Eine Hand streichelt mir sanft über die Stirn.

„Mach ruhig mal die Augen zu. Ich passe auf, dass dich niemand klaut."

Genau. Einfach mal die Augen schonen. Rrrrchhhhh... Irgendwann wache ich nach einem entspannten Schläfchen wieder auf. Mein eigenes, wohl etwas sehr lautes Schnarchen hat mich geweckt. Die Leute auf der Decke gegenüber grinsen mich frech an. Einige lachen sogar.

„Tja, da guckt ihr." Ich muss mich erst mal sortieren. Ein leerer Becher wird mir von hinten vor die Nase gehalten.

„Gut geschlafen? Hier würde jetzt gut eine Berliner Weisse mit Waldmeister reinpassen." Ich betrachte den leeren Becher ausgiebig.

„Das passt doch gar nicht. Der Becher ist viel zu klein. Da muss ich ja wieder die Hälfte direkt beim Ausschank austrinken. Und dann finde ich nicht zurück, ihr müsst mich suchen, macht euch unnötig Sorgen..."

Die junge Frau lässt aber nicht locker. Ich bekomme einen Kuss auf die Stirn.

„Das schaffst du. Die geben dir da gerne einen zweiten Becher."

Es hilft alles nichts. Ich muss mich bewegen und alle fortgeschrittenen Gedankenspiele über Gurkenverwertung verschieben. Zwei Hände stoßen mich von hinten sanft an. Na gut. Unter Aufbietung aller Kräfte raffe ich mich auf und gehe langsam über die stark bevölkerte Wiese in Richtung Getränkeverkauf und Outdoor-Tanzflur. Die Gurken müssen noch etwas warten. Die sind ja auch ein paar Tage haltbar.

Der Chef von das Ganze

Edgar ist völlig fertig. Aber warum?

„Weißt du, als ich diesen Job vor vier Jahren angenommen habe, war die Welt für mich in Ordnung. Noch. Ich arbeite grundsätzlich gern mit Menschen zusammen, bin gern unterwegs und feiere gern und oft. Grundsätzlich."

Wie um seine Aussage zu unterstreichen, trinkt er den letzten Schluck aus seinem Glas und stellt es langsam auf dem Stehtisch ab. Mit etwas melancholischem Blick blickt er in das leere Glas und atmet dabei tief ein und aus. Ein Kellner, in Köln Köbes genannt, kommt vorbei, sieht Edgars leeres Glas und will ihm, wie in Köln üblich, ungefragt ein volles Glas hinstellen. Edgar winkt ab.

„Nein, nein für mich nichts mehr. Ich bin nicht im Dienst."

„Wie, nicht im Dienst?" entgegnet der Köbes verdutzt, zuckt mit den Schultern und zieht ab. Er wird erst mal über den Widerspruch in dieser Aussage nachdenken wollen. Im Normalfall sind die Kellner in den Brauhäusern eher schlecht gelaunt. Dieser Köbes macht sich nicht mal die Mühe, diese Vorlage schlecht gelaunt zu kommentieren.

„Wenn du grundsätzlich sagst, dann ist doch was grundsätzlich im Argen."

Edgar nickt leicht und dreht das leere Glas in seiner linken Hand nachdenklich ein paar Mal um die eigene Achse. Seine Augen sind glasig. Das sind sie aber eigentlich immer, wenn er im Dienst ist. Ist er aber nicht.

„Weißt du, es ist nicht so, dass ich Ruhe brauche oder mich zurückziehen wollte. Das ist es nicht. Du kennst mich. Wenn ich an zwei Abenden die Woche alleine zu Hause bin, dann fällt mir schon die Decke auf den Kopf."

„Hm, aber was ist es dann? Zufrieden wirkst du nicht so direkt. Bist du überarbeitet?"

Er schüttelt müde den Kopf.

„Ich weiß nicht. Ich liebe meinen Job. Aber seit wir diesen neuen Schwerpunkt in den Sommermonaten entwickelt haben fühlt es sich…ja, so seltsam an."

Jetzt geht das wieder los, denke ich. Dieses Thema nervt. mich.

„So, so. Schwerpunkt im Sommer."

Ich merke, dass ich diese Worte verächtlich aus tiefster Überzeugung ausspreche. So ist es auch gemeint.

„Das war doch eine gute Entscheidung für euch, dieser neue Schwerpunkt im Sommer. Die Läden sind voll, die Touris überfluten die Stadt. Ich muss wegen diesem…Event regelmäßig aus der Stadt flüchten. Worüber beschwerst du dich eigentlich?"

„Das sagst du nur, weil du nicht gerne rausgehst und feierst. Das ist ungerecht!"

„Darf ich dich sanft berichtigen, mein lieber Edgar?"

Ich feiere sehr gerne, nämlich mit den richtigen Leuten und am richtigen Ort. Dafür muss es nicht mal einen Anlass geben, nicht mal eine Verkleidung."

Beim Wort Verkleidung zuckt er leicht zusammen. Bei dem sehr komplexen Thema Karneval liegen wir geschmackstechnisch auseinander. Außer Sichtweite sogar. Da gibt es keine Schnittmenge. Er strafft sich wieder etwas.

„Es ist doch wohl in Ordnung, wenn man Geschäft und Vergnügen verbinden kann…"

Ich schneide ihm das Wort ab.

„Geschenkt, das haben wir alles schon unzählige Male durchgekaut. Was ist denn jetzt los mit dir?"

Er blickt mich an. Sein Blick ist so, ich weiß es nicht recht einzuordnen, leer wäre das falsche Wort.

„Ich bin befördert worden."

Er sagt es ohne Freude in der Stimme. Das verstehe ich aber erst nach meinem freudigen und sehr ernst gemeinten Gefühlsausbruch.

„Das ist doch toll! Ich gratuliere dir von Herzen. Ich gebe einen aus! Was willst du trinken?"

Er grummelt, denkt nach, wägt ab, aber die Entscheidung will nicht gelingen.

„Radler, oder, nein, eher ein Wasser mit Zitrone."

„Wasser mit Zitrone? Na, wenn das dein Arbeitgeber hört."

Ich grinse ihn an, winke den Köbes heran und bestelle mit lauter Stimme ein Wasser mit Zitrone und ein Wasser ohne Zitrone. Die Menschen an den Tischen um uns herum, die meisten dürften Touristen sein, blicken amüsiert zu uns rüber. Das gibt es in Brauhäusern wahrscheinlich nicht so oft. Oder doch? Ich bin nicht so oft hier unterwegs. Edgar blickt an die Wand und hält sich die Hand vor das Gesicht. Ich verstehe, er will nicht erkannt werden. Getränk und Funktion gehen hier etwas auseinander.

„Okay, Beförderung hört sich gut an. Mit mehr Gehalt und so?"

Er nickt.

„Ja, und nicht zu knapp, aber…"

„Aber was?"

Er atmet schwer aus. Dann greift er in die Innentasche seines Jacketts und zieht eine kleine Pappschachtel heraus. Neuer Job, neue Visitenkarten, ist klar. Umständlich friemelt er eine Karte raus und schiebt sie über den Tisch. Ich nehme die Karte, halte sie ehrfürchtig mit beiden Händen fest und lese den Titel laut vor.

„Mitglied der Geschäftsführung? Das ist ja Klasse! Warum bist du dann so schlecht drauf? Das ist doch ein toller Karriereschritt." Ich schlage ihm auf die Schulter. Er guckt mich gequält an.

„Das ich von dir mal an ein Lob kriege! Vor einem Jahr hast du mal geschrieben, wir seien die Seuche des kölnischen Sommers."

„Das stimmt ja auch nach wie vor. Frag mal die Anwohner, die in der Nähe eurer Events wohnen. Ich habe kürzlich mit einer Anwohnerin am Ring gesprochen. Die weiß am Samstagabend nicht mehr, ob jetzt Karneval, Junggesellinnenabschied oder Jahrestag der rheinischen Alkoholikerverbände ist. Oder alles gleichzeitig. Und überall würden diese tiefergelegten Nuttentransporter rumfahren."

„Mann, ich kann es nicht mehr hören. Da wird halt gefeiert und getrunken. Das ist gut für die Stadt, dass bringt Geld und Arbeit."

„Ja, ganz viel Arbeit für die Straßenreinigung. Das Mallorca im Rheinland."

Ich lache, er verdreht die Augen. Früher hätte er jetzt lange mit mir gestritten. Hat er resigniert?

„Edgar, im Ernst. Was ist los mit dir?"

Wieder atmet er lange aus.

„Verstehst du nicht? Ich muss jetzt bei allen Veranstaltungen auftauchen. Bei ALLEN! Die Kundschaft erwartet das. Und ich hatte vorher schon wenig Freizeit."

„Geschäftsführer müssen repräsentieren, das ist mir schon klar. Kontakte aufbauen und pflegen. Das hast du bisher super hinbekommen. Und das wird auch so bleiben."

Ich proste ihm mit dem Wasserglas zu.

„Das mache ich auch gerne. Aber es ist eben auch viel Arbeit. Nein, Arbeit ist es nicht. Es ist eher so wie…"

Der Satz endet ohne das Wie. Er gähnt und schaut auf die Uhr.

„Ich muss los. Morgen früh ist Treffen mit der Stadtbehörde. Orga und so."

„Dann wird es Zeit. Okay, ich lade dich ein. Zur Feier des Tages."

Er lächelt mal. Das ist heute Abend die Ausnahme. Der Köbes kommt zum Tisch, rechnet auf seinem bierfeuchten Papierblock zusammen und 8 Euronen wechseln den Besitzer. Dann sieht der Kellner die Visitenkarte von Edgar auf dem Tisch. Ein kleines Bild eines zufrieden lächelnden Edgar ist darauf.

„Mitglied der Geschäftsführung? Bei Suff im Sunnesching? Dann sind Sie ja sowas wie Chef von das Ganze hier."

Er nickt Edgar anerkennend zu, räumt die leeren Gläser auf sein Tablett, wischt schnell den Tisch mit einem müffeligen Tuch ab und verschwindet. Edgar blickt ihm hinterher.

„Hast du das gehört? Du bist Chef von das Ganze hier."

Edgar grummelt.

„Nix wie weg hier."

Im Freibad

Ich ziehe mal eben ein Fazit des Jahres 2018. Weil jetzt, in diesem Moment, alles so was von sonnenklar ist. 2018 wird als das Jahr mit dem superheißen Sommer in die Geschichte eingehen. Und das Jahr, in dem alle Welt die wieder hochmodischen, aber geschmacklich abscheulichen Brillen aus den achtziger Jahren des letzten Jahrhunderts aufträgt, weibliche Füße durch Birkenstockschlappen in Gold, Silber oder Kupferfarben verunziert werden und als Krönung hellpinke Plastikfußnägel auf die schon verhunzten Originalfußnägel geklebt werden. Diesen Eindruck könnte ein außerirdischer Besucher beim Aufenthalt in einem Kölner Freibad im Sommer 2018 bekommen.

Aber halt. Man, also ich, darf nicht alles schlecht reden. Positiv denken und schreiben, dann freut sich die LeserInnenschaft. Habe ich das richtig ausgedrückt? Egal, ich werde es erfahren.

Die gute Nachricht zuerst: In diesem Freibad säuft niemand ab. Überall sehe ich aufgepumpte Bizepse, zum Bersten gefüllte Schlauchbootlippen, Oberweiten und Hinterteile, die gut gefüllt mit Kunststoffschwimmhilfen ihrem Einsatz als Auftriebshilfe im Schwimmbecken entgegensehen. Da wird der Bademeister nicht viel zu tun kriegen. Dabei sehen viele nicht danach aus, als ob sie schwimmen könnten. Posen dafür umso besser. Im Freibad scheint dick aufgetragener roter Lippenstift lebenswichtig zu sein. Direkt danach kommen aufgeklebte Wimpern und großflächige Tattoos, die in wenigen Jahren bestimmt heftig an Schärfe verlieren werden und dann visuell wie spontane Zeichnungen eines fiebrigen

Dreijährigen mit Kohlestiften auf Löschpapier erscheinen. Moment, gerade lief eine junge Frau vorbei, die das Wort Bekif und ein verschnörkeltes Herz auf dem Unterarm tätowiert hatte!? Tatsächlich. Bekif wird offenbar geliebt. Das ist gut. Diese Welt braucht mehr Liebe.

Mehr Bekiff gibt es weiter hinten, da wo der Rasen noch etwas grüner und die Straße etwas näher ist. Dort liegt eine Gruppe Jungs und Mädels, die ich heute Morgen schon mal gesehen habe. Ich bin an ihnen vorbei gejoggt. Sie standen rauchend um einen Laster rum und schwitzten. Da sah wie eine kleine Horde unmotivierter Umzugshelfer aus, aber ich will aus dieser Momentaufnahme keine voreiligen Schlüsse ziehen.

Jetzt jedenfalls reichen sie ununterbrochen untereinander Joints herum. Diese kiffenden Freibadnichtschwimmer sind so dicht, dass sie trotz der Hitze teilweise noch ihre Jacken anhaben. Bis auf einen Typen, der bis auf seine Unterhose und alte Chucks nackt ist. Als ich ihn vor einer guten Stunde zum ersten Mal vorbeischlurfen sah, war seine Haut noch mozzarellafarben. Jetzt haben die Rottöne die Oberhand gewonnen. Mindestens für die kommenden drei Tage.

Auf der Mauer sitzen ein paar sehr breite Fitnesstudiodauerbewohner und versuchen lässig und cool auszusehen und damit die sonnenden Mädels auf der Wiese vor ihnen auf ihre Trottelmuskeln aufmerksam zu machen. Ich durchkreuze ihren Plan, indem ich eine große Pommes mit Mayo hole und damit zu den Mädels schlendere. Ich schwenke die fettige Pappschale ein paar Mal langsam über die Köpfe der sonnenden Schönheiten und rufe ihnen zu:

„Ihr seid knusprig, aber zu schmal. Ich werde euch retten."

Großes Gekicher ist die Antwort. Ich verteile ein paar Pommes an die bedürftigen Bikiniträgerinnen und die breiten und bärtigen Jungs schauen doof aus der Wäsche. So läuft das im Sommer 2018.

Ich mag Besuche im Freibad. Wenn erst mal der Kassenbereich mit den dumpf blickenden Hitzegeschädigten passiert und ein schönes Plätzchen im Schatten auf der Liegewiese gefunden ist, kann nichts mehr schiefgehen. Okay, die ersten Schritte in das gefühlt eiskalte Wasser kosten etwas Überwindung, aber diese kann man durch einen beherzten Sprung ins kühle Nass überwinden. Die Überwindung der Überwindung. Das könnte eine Freibad-Tautologie sein. Aber diese sprachlichen Fragen überlasse ich lieber den Sprachwissenschaftlern.

Oh, eine große Wasserrutsche! Schnell hin, die Treppe hoch und…ist das voll hier oben! Ich muss erst mal ein paar der zahlreichen zögernden Kreischkinder hinunterschubsen, bevor ich selber reichlich Platz zum Runterrutschen habe. Das habe ich ewig nicht mehr gemacht. Fhhhhhh – Platsch! Wie geil. Okay, ich habe etwas Wasser geschluckt und meine Sonnenbrille ging kurzfristig auf Tauchstation, aber das macht richtig Spaß. Gleich nochmal. Ich schleiche wieder nach oben. Die Aussicht ist klasse. Hier haben viele Menschen viel Spaß. Dazu will ich auch was beitragen. Diesmal gelingt es mir, insgesamt acht Wasserrutschenwillige, Kinder, deren Mütter und andere Unvorsichtige mit auf die breite Rutsche zu locken und sie runter zu bugsieren. Großes Gekreische vor dem großen Platsch ins 1,20 Meter tiefe Wasserbecken. Jetzt schnell weg bevor jemand vom Aufsichtspersonal aufkreuzt…

2018 ist sehr heiß und trocken und sollte folglich größtenteils in Freibädern zugebracht werden. Wichtig, schon vorher mit Sonnencreme eincremen, genug trinken, zur Entspannung ein Buch dabei haben und ausgiebig lesen, zwischendurch etwas schlafen und den jungen Sonnenanbeterinnen im Bikini beim Yoga auf dem Badetuch zusehen. Wenn sich deren Gliedmaßen unbeabsichtigt verknoten sollten, bitte sofort Hilfe leisten. Ein kaltes Radler unterstützt die Urlaubsstimmung. Ansonsten zwischen den Gängen ins Schwimmbecken nicht zu viel essen und vor dem Sprung vom Zehner die Badeschlappen ausziehen. Sieht sonst doof aus, wenn nach dem großen Platscher noch zwei Kleinere nachfolgen. Und dann kann man schön in fünf Metern Tiefe nach den Schlappen rumsuchen. Schönen Tag noch.

Abflug, aber zeitig.

Blauer Himmel. Kein Lüftchen. Das sind doch gute Voraussetzungen für einen Flug ohne Interferenzen. Dann kann man mal von oben auf die Dinge schauen. Ich sitze direkt am Gang auf der linken Seite. Die beiden Plätze links von mir sind leer. Es ist angenehm ruhig im Flieger. Der ist nur gut zur Hälfte mit Passagieren gefüllt. Diese gedämpfte Ruhe ist ungewöhnlich. Kaum jemand spricht. Ist das Katerstimmung? Haben die jüngsten weltgeschichtlichen Ereignisse den Reisenden eine demütige Haltung aufgezwungen? Oder sind viele achtsame oder gar ausgeglichene Menschen an Bord?

Die Fluggetränkeausgabeverantwortlichen verrichten gutgelaunt ihren Job. Bis ich mein Getränk erhalten werde, wird es noch ein paar Minuten dauern. Ich werfe einen Blick in die deutschen Presseerzeugnisse, die ich mir beim Betreten des Flugzeugs von den bereitliegenden Stapeln mitgenommen habe. Die deutsche Presse steht noch kollektiv unter Schock. Der Untergang. Die Schande. Kapitulation. Es geht aber nicht um den andauernden Pflegenotstand oder die anhaltende Leistungsverweigerung der religiösen Splitterparteiminister in der Regierung. Das immer noch alles beherrschende Thema ist das vorzeitige Ausscheiden bei der Fußball-WM. Vorzeitiges Ausscheiden. Diese Formulierung sagt schon alles. Die deutsche Sprache ist bunt und reichhaltig, aber es muss ja ein schon unzählige Male bemühter Ausdruck genutzt werden. Bestimmt sagt man in 100 Jahren: „Die deutsche Fußballnationalmannschaft ist damals, bei der WM 2018, nicht zeitig, sondern vorzeitig ausgeschieden. Damals, als es dem Land wirtschaftlich ganz gut ging und ein paar politische Pflegefälle unbedingt sinnlos um sich schlagen mussten, um dem geistig eng betonierten Teil der Bevölkerung zu gefallen."

Ausscheiden! Wir! Wie konnte das passieren? Das ist eine historische Zäsur. Mindestens. 83 Millionen Menschen wussten und wissen es regelmäßig besser als der Bundestrainer. Aber niemand hat auf sie gehört. Und jetzt diese Katastrophe! Da merkt man, also ich, wie fragil das Selbstbewusstsein dieser Nation ist. Aber ich bin kein Bundestrainer und trage das Haar lieber sommerlich kurz.

Der Getränkeverantwortliche ist nur noch zwei Reihen entfernt. Eine Passagierin auf der rechten Seite, offenbar eine Amerikanerin, fragt ihn auf Amerikanisch nach den Inhaltsstoffen des zum Getränk gereichten Gebäcks. Sie trägt eine große Brille mit runden Gläsern und Goldrand. Das sieht alt aus, ist aber trendy. Sie ist bestimmt noch keine 30, hat aber ein dringendes inhaltsstoffliches Anliegen. Er, der freundliche Flugbegleiter lächelt, zieht ein noch in Klarsichtfolie verpacktes Stück Gebäck aus dem rollenden Fluggetränkeverteilungswagen vor ihm hervor und liest langsam und deutlich die Inhaltsstoffe der Getränkebeilage vor. In gutem Englisch. Das kann er und das tut er nicht zum ersten Mal. Offenbar hat ihn sein Arbeitgeber im Umgang mit sensiblen, trendbewussten oder auch selbstverliebten Passagieren ausführlich geschult. Die auf Heiß- und Kaltgetränke hoffenden Passagiere, die wie ich in den Reihen hinter der Rundbrillenfrau sitzen, blicken ihn und die Frau interessiert an. Als er endlich geendet hat, sagt die Frau, sie würde kein Gluten vertragen. Das sei Teufelszeug und würde die Verdauung eines Menschen in kürzester Zeit zerstören. Es ist ein kurzer, sehr bestimmt vorgetragener, sehr amerikanischer Vortrag. Der Stewart hört ihr aufmerksam zu, sagt aber nichts. Seine Körpersprache signalisiert Aufmerksamkeit und Zugewandtheit. Er signalisiert weder Ablehnung noch Zustimmung zu dieser sehr negativen Bewertung eines Lebensmittelbestandteils. Oder tarnt er sich mit einer von außen übergestülpten freundlichen Hülle? Früher war mehr Apathie im Fluggewerbe. Manchmal schlug diese Apathie in Aggression um. Heute ist das anders.

Doch, ich finde das Thema Gluten wichtig. Die ganzen Arbeitsplätze, die die ganzen glutenfreien Produkte gebracht haben, haben bestimmt sehr wesentlich zum Wirtschaftsaufschwung beigetragen. Wenn ein widerlicher Fruchtriegel mit hauchdünner Schokohülle mit 34 Gramm Gewicht im Supermarkt knapp zwei Euronen kostet und auch noch gekauft wird, dann muss einfach ein Konsumbedürfnis epischen Ausmaßes vorhanden sein.

Aber es ist gleichzeitig auch ermüdend. Gluten wird aufgebauscht. Es gibt einfach wichtigere Themen in diesem Land, die mal ausführlich öffentlich diskutiert werden sollten. Zuerst natürlich der katastrophale Zustand der Nationalelf. Das ist das Allerwichtigste. Ohne funktionierende Regierung kann man leben, aber eine erfolglose Nationalelf stürzt uns alle unweigerlich in den Abgrund. Auch wichtig: Die immense Haigefahr an den Stränden der deutschen Ostseeküste. Dann: Weißwein oder Prosecco im Aperol Spritz? Und: Die zeitnahe Auswilderung von AfD und CSU-Politikern in gesicherten Freigehegezentren im südlichen Nordafrika. Ohne elektronische Kommunikationsmittel, dafür kriegt jeder einen Besen zum Kehren mit. Ordnung muss sein. Das sollte wirklich mal ausführlich diskutiert werden.

Der Stewart geht noch einmal die Liste der Zutaten mit der Glutenhasserin durch. Zutat für Zutat. Zucker ist offenbar der dominierende Bestandteil. Die Reihe der Passagiere vor mir wird unruhig. Sie wollen endlich Kaffee und Alkohol. Wir sind schließlich schon gut 20 Minuten in der Luft. Der Stewart legt der glutenden Amerikanerin das Gebäck auf einem separaten Teller und gibt es ihr. Sie will dazu grünen Tee und einen Weißwein. Das ist eine aparte Mischung, passt aber. Ich stelle mir vor, wie er den Weißwein im Becher per Tauchsieder erhitzt und dann einen Teebeutel reinplumpsen lässt. Und dann darin das Gebäck versenkt. Mit einem fetten schwarzen Stift malt er GLUTEN! und einen süßen kleinen Totenschädel, der eine große Goldrandbrille trägt, auf den Becher. Aber nein, er handelt exakt so, wie es die in Stein gemeißelten Vorschriften der Luftlinie mit dem gerupften Adler als Kennzeichen vorgeben. Immer diese bösen Gedanken.

„Was möchten Sie gerne trinken?" fragt mich der Stewart und lächelt ganz entspannt. Du machst es richtig, denke ich mir.

„Ich nehme was mit Gluten, einen Weißwein, keinen Tee und ein Wasser. Mit extra viel Kohlensäure."

Der Stewart grinst, lacht aber nicht. Das nenne ich professionell.

Endlich weht ein frischer Wind im öffentlichen Nahverkehr

Die Kölschen teilmobilen Verkehrs- und Betriebsstätten (KötVeBe) haben einen speziellen Service für Zigarrenraucher eingerichtet. Diese dürfen das Angebot der KötVeBe bei Außentemperaturen über 22 Grad Celsius ab sofort kostenlos nutzen. Voraussetzung ist, dass die gediegenen Rauchwarenverbraucher während der Fahrt permanent eine brennende Zigarre mindestens mittlerer Tabakqualität mitführen. Die Zigarre darf bei der Kontrolle durch das Personal erst zu einem Drittel abgebrannt sein. Der Geschmack sollte sich in der Bandbreite zwischen mild bis würzig bewegen. Wichtig ist, dass der Rauch ausreicht um im Umkreis von drei Metern den Schweißgeruch und sonstige Gerüche der mitreisenden Fahrgäste olfaktorisch zu neutralisieren oder wenigstens zu übertünchen.

Zu Babys und Kleinkindern muss der Zigarrenreisende einen Mindestabstand von 11 Zigarrenlängen halten, Mütter dürfen aber auf Nachfrage eine Nase voll Rauch inhalieren, um das angenehme Gefühl von Genuss und Freiheit zu bekommen. Väter dürfen nur an einer vom Zigarrenraucher mitzuführenden Zweitzigarre riechen, damit sie nicht zu sehr in Versuchung gebracht werden.

Mit dieser verbraucherfreundlichen Maßnahme soll die Luftqualität in den oft überfüllten Waggons der KötVeBe deutlich verbessert werden und gleichzeitig der Energieverbrauch bei den im Sommer auf Hochtouren laufenden, sehr energieintensiven, weil mit Braunkohle betriebenen Heizungs- und Lüftungsanlagen, deutlich reduziert werden.

Das Zugbegleitpersonal wird aktuell in aufwendigen Schulungen in den verschiedenen Zigarrenqualitäten unterrichtet. Minderwerte Zigarren sollen im Alltagsbetrieb schnell erkannt werden. Die Abteile der KötVeBe-Zugführerrinnen und –Zugführer werden mit Schleusen ausgestattet, die ein Eindringen des Zigarrenrauches an den Arbeitsplatz derselben verhindern sollen. Bei Tests auf der stark beanspruchten Linie 666 von Köln-Mitte bis Köln-Hoppelstrasse war es im Vorfeld zu einem außerplanmäßigen Notfall-Halt gekommen. Der Zugführer, ein Zigarettenraucher seit über 25 Jahren, klagte über Übelkeit durch eintretenden Zigarrenqualm aus dem Passagierbereich.

Kritiker bemängeln, dass Pfeifenraucher und Zigaretten-sowie Zigarilloraucherinnen und –Raucher durch diese Maßnahme gravierend benachteiligt werden und fordern Nachbesserungen. Unklar ist noch, ob alle Waggons mit Aschenbechern ausgestattet werden oder ob es ausreicht, dass die KötVeBe-Kontrolleure sogenannte provisorische Zigarrenascheauffangbehälter (pZigbä) mit sich führen.

Bis zum Jahr 2029 sollen insgesamt 180 neue Waggons angeschafft werden, deren Lüftungsanlagen in der Lage sind, auch bei tropischen Temperaturen mehr als 60 Personen pro Waggon mit genügend Frischluft zu versorgen. Überzählige Fahrgäste dürfen zum halben Preis auf dem Dach der Waggons mitfahren. Bis dahin dürfen vier der acht Kippfenster pro Waggon während der Fahrt gekippt werden. Die KötVeBe empfiehlt ihren Fahrgästen weiterhin, vor dem Besteigen der Waggons tief Luft zu holen und diese bis Fahrtende anzuhalten. Das wäre mit etwas Übung kein

Problem. Dann würden strenge Gerüche im Nahbereich gar nicht so auffallen.

Regelverstoß

Mir reicht's mit Regeln. Man muss auch mal gezielt über die Stränge schlagen. Heute werde ich gegen die Regeln verstoßen. Hier und jetzt bewege ich mich im zweiten Stock eines großen, räumlich sehr großzügigen Gebäudes in der Nähe des Kölner Doms. Rechts von mir führt eine sehr ästhetisch konzipierte Wendeltreppe in die unteren Etagen. Vor mir ist ein Geländer, hinter dem der Blick ungehindert auf den offenen Ausstellungsraum im Erdgeschoss, einen Teil des empfehlenswerten Cafés und die breite Treppe, die vom Erdgeschoss in die erste Etage führt, fällt. Diese sehr breite Treppe da unten bietet viel Platz für sehr viele Menschen. Oder genug Platz für einen Flüchtigen, der anderen Menschen, die ihn fangen wollen, ausweichen will. Es ist gut, einen Plan zu haben.

Links führt eine Tür in die sehr empfehlenswerte Ausstellung über Peter Behrens. Dieser Herr ist ein Vorbild. Er hat sich auf nichts festlegen lassen. Er war Architekt, Designer, Grafiker und vieles mehr. Und er war gut in jedem Bereich, in dem er gewirkt hat. Und er hat mehr als nur Sinn für Ästhetik und Funktionalität bewiesen. Im heutigen so bequemen Schubladendenken würde so jemand wohl zwangsläufig anecken. Weil er nicht in Schubladen passt. Weil er wiederum in zu viele Schubladen zu passen scheint.

Es ist warm hier drin, fast schon schwül. Draußen regnet es bei fast 25 Grad. Die Ausstellungsräume sind temperiert. Hier, im, wie heißt das eigentlich?, erweiterten Treppenhaus, Zwischenraum, Ausstellungsvorraum, ist es feucht-warm. Ich transpiriere leicht.

Ich werde das ganz gemütlich angehen. Hinter mir ist eine bequem aussehende Sitzgelegenheit, ein Sofa mit Rückenlehne. Im Raum dahinter können Kinder nach Herzenslust malen, während sich ihre Eltern die Ausstellung ansehen. Ich setze mich mit Blick auf das Geländer und den Aufzug hinten rechts hinter dem Ausschnitt im Boden. Mir fällt gerade nicht das passende Wort für diese große Öffnung ein. Vergebt mir, O werte Leser, ob dieser Ungenauigkeit. Bald wird es präziser.

Das sitzen tut gut. Ich bin sofort entspannter. Sitzen ist ja angeblich das neue Rauchen. Sitzen ist böse. Das hat irgendein Vollpfosten medial sehr wirksam mitgeteilt. Ich sage: Sitzen, hier und jetzt in diesem Museum, bei diesen Temperaturen, ist sehr angenehm. Und: Das Raumgefühl hier ist wirklich toll. Allerdings merkt man in den Ausstellungsräumen schon sehr deutlich das Alter des Gebäudes. Die Luft ist schwer und die teilweise über hundert Jahre alten Ausstellungsstücke verströmen diesen typischen muffig-modrigen Geruch von alten Möbeln. Aber die Ausstellung ist nichtsdestotrotz sehr empfehlenswert.

Nochmal tief durchatmen. Der Weg zur Wendeltreppe ist kurz. Der Weg zum Aufzug etwas länger. Den Sprung über das Geländer würde ich nur im äußersten Notfall wagen. Die Zigarre könnte dabei beschädigt werden und meine Körperstatik leicht verschoben werden. Ich taste nach der Zigarre in meiner Tasche. Da ist sie, noch in der Plastikhülle, aber schon fachmännisch angeschnitten. Ich führe sie zum Mund. Stopp! Erst daran riechen. Der Kaltgeruch will geprüft werden. Der ist ganz wichtig. Langsam hinführen - nicht rennen ist die Devise. Sonst wäre es kein Genuss, sondern schnödes Verlangen oder gar Sucht. Ich sauge den Duft des länglichen Tabaktorpedos förmlich auf. Es riecht nach, klar, Tabak. Dieser ist nicht zu eng gewickelt, was einen milden

Genuss verspricht. Der Duft changiert zwischen würzig und hellem Holz, welches frisch bearbeitet wurde aber natürlich noch in unlackiertem Zustand ist. Ich hatte extra nach einer milden Zigarre im Fachgeschäft gefragt. Komischerweise scheinen alle milden Zigarren in der dominikanischen Republik hergestellt zu werden.

Jetzt der Kaltzug. Ich sauge kurz und paffe. Hm, diesen Eindruck wiederzugeben ist schwierig. Also, ich würde sagen der Geschmack des Tabaks geht in Richtung Zedernholz, etwas Kiefer (nach einem sommerlichen Regenguss) und dem Geruch von im Innern deutlich zu leeren Zigarrenkisten. Der letzte Punkt ist natürlich generisch und unpräzise, passt deshalb aber immer.

Eine Frau mit Kind geht an mir vorbei und blickt mich interessiert an. Ich lächle sie und das Kind an. Das Kind winkt mir mit einem grünen Luftballon in der Hand zu. Ich winke mit der rechten Hand, in der die Zigarre zwischen Zeige- und Ringfinger locker fixiert ist, zurück. Das Kind strahlt, die Mutter lächelt weil das Kind strahlt. Sie verschwinden im Malraum für Kinder. Ich spüre den Blick der Mutter auf meinem Hinterkopf. Bestimmt hält sie mich für verdächtig. Bin ich ja rein optisch auch. Ein großer Mann, der mit einem pinkfarbenem Hemd und schwarzer Hose bekleidet ist und einen hellroten Bart im Gesicht formschön aufgeklebt hat. Er trägt eine Kappe mit der Aufschrift *Feuerwerk, Oh, Oh!* und sitzt am helllichten Tag in einem Museum und schnüffelt an Zigarren. Es gibt ja einen Song namens Feuerwerk Uh-Uh oder so ähnlich, der die songschreiberische Brillanz in diesem Land schmerzhaft auf den Punkt bringt. Vielleicht hätte ich doch die Sesamstraßenmütze nehmen sollen. Hätte auch besser zum hellroten Bart gepasst.

Ich blicke mich um. Kein Aufsichtspersonal in Sicht. Moment, doch. Am anderen Ende des Gangs, da wo die Leute rauskommen, die die Behrens-Ausstellung gesehen haben. Da steht ein Herr in diesem typischen blauen Museumsaufseheranzug. Das ist weit weg. Bestimmt so 20-25 Meter. Die muss er erst mal überwinden um zu dem Regelbrecher aufzuschließen.

Streichholz oder Feuerzeug? Ich nehme das Feuerzeug. Der Daumen gleitet über das Reibrad, Funken entstehen und schon leuchtet die Flamme majestätisch auf. Langsam drehe ich die Zigarre in der Flamme, damit das Feuer gleichmäßig den Tabak entzünden kann. Dann der erste Zug. Interessanterweise dominiert der Geschmack von Heu. Gleich nochmal ziehen. Heu, tatsächlich. Ich halte den Rauch ein paar Sekunden im Mund. Der Rauch schmeckt anders, holzig, aber nicht etwa wie brennendes oder verkohltes Holz, sondern mehr wie das Holz einer neu am Waldesrand errichteten und noch unbeschädigten Bank für müde Wandersleute.

Ich blicke auf. Der Herr im Museumsaufseheranzug steht jetzt etwa vier Meter entfernt und betrachtet mich mit einer Mischung aus Fassungslosigkeit und Entsetzen. Er nimmt ein Funkgerät aus der Tasche und will wohl einen Hilferuf absetzen. Vor meiner Flucht möchte ich wenigstens einem Menschen meine Sinneseindrücke mitteilen.

„Sagen Sie, riecht der Zigarrenrauch mehr nach Heu oder nach Holz?" Er glotzt mich an und ringt mit seiner Antwort.

„Sie, sie dürfen hier nicht rauchen! Machen Sie…" Ich unterbreche ihn, es ist ja klar was er mir mitteilen möchte.

„Ja, ich weiß, ich bin auch gleich weg." Ich stehe auf und gehe einen Schritt auf ihn zu. Am Ende des Ganges tritt eine Dame vom Museumsdienst aus der Tür, sieht mich, ihren

Kollegen und den Rauch der meiner Zigarre und setzt sich engagiert in Bewegung.

„Holz, es ist der Geruch nach Holz, welches vor nicht allzu langer Zeit geschnitten und bearbeitet wurde." Der kleine, etwas rundliche Mann sagt nichts und blickt die Zigarre an wie ein Weltwunder. Ich paffe noch mal genüsslich, winke der schnell näherkommenden Dame zu und laufe los. Es sind nur wenige Schritte bis zur Treppe. Vielleicht nur vier, fünf Sekunden später bin ich eine Etage tiefer angekommen. Kurze Pause. Ich ziehe langsam an der Zigarre und betrachte die Glut. Die Zigarre brennt sehr gleichmäßig ab, was für deren Qualität spricht. Sehr schön. Der Geschmack des Tabaks hat etwas Wohliges. Natürlich trägt dazu auch das Ambiente des Museums bei. Ich muss nur aufpassen, dass ich nicht versehentlich den Bart abfackele. Insgesamt fühle ich mich gerade sehr ausgeglichen.

Hinter mir höre ich Schritte und Keuchen. Die beiden Aufseher folgen mir mit der für Museumsaufseher zulässigen Höchstgeschwindigkeit. Weiter geht es. Diesmal mache ich statt vieler kleiner Schritte recht große Sprünge auf der Treppe nach unten. Auf der letzten Stufe stoße ich fast mit einem weiteren Aufseher zusammen. Er trägt eine übel verschmierte Brille zu etwas zu langem, etwas schütterem Haar und zuckt heftig zusammen, als ich direkt vor ihm zum Stehen komme. Mein Aufenthalt währt nur kurz, da er meiner habhaft werden will. Auf dieser Etage verzichte ich auf einen Zug an der Zigarre, den könnte ich durch die Verfolgungssituation nicht so gut genießen, und setze meinen Weg zum Ausgang mit einer Kurve nach rechts auf die große breite Treppe ins Erdgeschoß fort. Hier muss ich etwas Slalom um einige ältere Besucher herum laufen. Unten angekommen bleibe ich kurz stehen. Ich blicke durch die Glastür in Richtung des Ausgangs. Der Weg ist frei. Ich blicke

110

zurück auf die Treppe. Jetzt schon vier Angestellte des Museums umrunden die Besucher und nähern sich meinem Standort, „Bleiben Sie stehen!" und „Rauchen ist hier streng verboten!" rufend. Ein älterer Herr neben mir schaut sehnsüchtig auf meine Zigarre. Ich überlege die Möglichkeiten. Soll ich noch eine Runde über den Hof drehen? Das Café am Ausgang zum Innenhof ist gut, aber wenn ich im Rausrennen einen Espresso bestelle und beim zurückrennen austrinke, wird mir das zu hektisch. Dann kann ich die Zigarre nicht so richtig genießen und mir könnten sogar Aromen entgehen, die vom Espresso geschmacklich überlagert werden. Also gehe ich durch die Glastür in den Vorraum, winke mit der Zigarre der Dame an der Kasse zu und laufe die letzten Meter zum Ausgang etwas zackiger. Die Dame winkt freundlich zurück, merkt dann aber die Abweichung in meinem Verhalten und ändert ihren Gesichtsausdruck entsprechend. Draußen angekommen, drehe ich mich um, nehme einen langen Zug aus der Zigarre und betrachte meine dynamischen Verfolger, die gerade die Glastür zum Vorraum passieren. Die Dame und der Herr aus dem Obergeschoss sind schon ganz rot im Gesicht. So ein Sprint ist bestimmt nicht gesund für die beiden. Die Treppen sind auch nicht ungefährlich. Ich habe Puls und bin jetzt tatsächlich etwas aufgeregt. Aber es war gut. Eine neue Erfahrung, die mich bestimmt weiter bringen wird.

Jetzt schlage ich noch ein paar Haken auf dem Weg zum Dom und dann kommt der nächste Level. Ich bin gespannt, ob sich der Geschmack der Zigarre beim Blick auf das Richter-Fenster im Dom wesentlich verändert.

Gehwegradler trifft auf bewegliche Eiche

Draußen und in meiner Wohnung sind es knapp 30 Grad. Ausnahme ist natürlich der Kühlschrank. Weil die Öffnungsklappe zum Eisfach defekt ist, vereist das Eisfach rasend schnell. Das hört sich jetzt nicht unbedingt wie ein Widerspruch an, ist es aber. Denn ein Eisfach sollte tiefkühlen und nicht eigenständig und vollständig vereisen. Dass das mal klar ist. Zudem herrschen im restlichen Bereich des Kühlschrankes dann auch arktische Bedingungen. Und das ist zu viel der Kühlung. Wenn ich tiefgefrorene Broccoli für das anstehende Abendessen aus dem Gefrierfach entnehmen will, muss ich zunächst mit Hammer und Meißel mehrere Kilo Eis entfernen, bevor die Tiefkühltüte mit dem grünen Gemüse zum Vorschein kommt. Beim letzten Freikloppen des Eisfaches habe ich auch noch eine Tüte mit Tiefkühl-Dill gefunden. Praktisch. Wer weiß, was noch alles zum Vorschein kommt wenn ich tiefer in die unerforschte Eislandschaft in der Küche vorstoße?

Die mühsam entfernten Eisbrocken habe ich zerkleinert und die Eismasse großzügig auf die Blumenkübel auf dem Balkon verteilt. Bei der Hitze freuen sich die Pflanzen bestimmt über etwas Kühlung. Hätte ich das Eis stattdessen für die Produktion einer mindestens zweistelligen Anzahl von Aperol Spritz genutzt, wären die Folgen in Anbetracht der Temperaturen allgemein und der alkoholischen Anteile im Speziellen bestimmt gravierend gewesen. Meine Nachbarn haben das plötzliche Eisaufkommen auf den Pflanzen meines Balkons leicht verwundert zur Kenntnis genommen.

Gravierend hat sich auch das Verhalten vieler Radfahrer in den letzten Wochen geändert. Es muss an der drückenden Hitze liegen. Jedenfalls wechseln immer mehr Radfahrer von den überfüllten Kölner Straßen auf die Gehwege und umkreisen dort die Fußgänger slalomtechnisch mit stoischer Ruhe bei hoher Geschwindigkeit. Offenbar hoffen sie auf schnelleres Fortkommen auf den autofreien und bisher auch meist fahrradfreien Bürgersteigen. Das geht nicht ganz ohne Komplikationen ab. Gestern wurde ich fast von einem Kind mit pinkfarbenem Fahrradhelm auf einem pinkfarbenen Rad angefahren. Bevor ich empört reagieren konnte, musste ich schon wieder zur Seite springen, weil die Mutter des Kindes auf einem minzgrünen Rad auf dem Bürgersteig eilig nachfolgte und ihrem vorausfahrenden Töchterchen zurief: „Da vorne jetzt links Clarissa-Liebling. Aber nicht so schnell!" Clarissa-Liebling war aber schon etwas weiter und hörte nicht. Seitdem reagiere ich sehr sensibel auf Pink und Minzgrün.

Nicht alle Verkehrsteilnehmer sind mit der Nutzung der Gehwege durch Nicht-Fußgänger einverstanden. Hin und wieder wird ein Pedalist vom Gehstock eines rüstigen Rentners, der sich in seiner Fortbewegung beeinträchtigt sieht, unsanft aus dem Sattel gehoben. Das sehr ungesund klingende Geräusch beim Auftreffen eines schwungvoll herabsausenden Geh- bzw. Schlagstocks aus Eiche auf einen bunten Fahrradhelm aus Plastik lässt darauf schließen, dass die Schutzfunktion des Helmes für diese Art Zusammenstöße nicht ausreichend ist. Es ist ein derbes Geräusch, wobei der erste Teil des Knackens seinen Ursprung im splitternden Plastik hat und der folgende, etwas trockener klingende, wohl eher auf das Aufeinandertreffen von Holz und Knochen zurückzuführen ist. Es folgt der Verlust der Kontrolle über den Lenker, ein sehr kurze, oft in waghalsigen

Schlangenlinien zurückgelegte Strecke und der Abflug über den Lenker mit der abrupten Beendigung der Fahrt durch Aufnahme eines unmittelbaren Kontaktes des Radelnden mit der harten Oberfläche des Gehwegs. Und danach folgt als erzieherische Maßnahme gelegentlich noch eine verbale Maßregelung durch den Stockschwinger. Den Rest macht dann der Notarzt, der sich über die Art der Verletzung ebenso wundert wie über die Holzsplitter am Unfallort. Obwohl weit und breit kein Baum in Sicht ist.

Wenn ich so darüber nachdenke sind mir in letzter Zeit einige Stockschwinger aufgefallen. Letzte Woche stand ein gehstockbewaffneter älterer Herr am oberen Ende der nahen U-Bahnstation. Er wollte gerade auf die Rolltreppe, als sich deren Laufrichtung änderte. Dies ist ein untrügliches Zeichen, dass gerade eine U-Bahn angekommen ist. Die auf der Rolltreppe aus dem Untergrund emporsteigenden Jugendlichen begrüßte er im keifenden Ton mit den Worten: „Ihr könnt doch laufen! Ihr seid doch jung!"

Er unterstrich seine Aussage mit seinem bedrohlich erhobenen Gehstock. Dieser Anblick verursachte eine sofortige Gegenbewegung bei den im Umgang mit konfrontativ auftretenden Golden Agern unerfahrenen Jugendlichen. Die vorderen Reihen machten direkt panisch kehrt und liefen gegen die aktuelle Laufrichtung der Rolltreppe wieder zurück in die U-Bahnstation. Dies merkten die am unteren Ende der Lauftreppe apathisch auf ihr Handy starrenden Kinder zu spät und es kam zu Gerangel, Zusammenstößen und versehentlich abgesandten Kurznachrichten. Der ältere Herr mit dem Gehstock hat dann übrigens mürrisch grummelnd die Treppe genommen. Weil er nicht warten wollte. Wie ich auch.

Wofür manche Menschen einen Stock aus Hartholz brauchen, schaffen Mütter mit Kinderwagen auch ohne Stock.

114

Das Anschreien oder Ankreischen der Gehwegradler beim Entgegenkommen reicht völlig aus, um aus dem Radfahrer wieder einen Fußgänger zu machen. Jüngere Radfahrer und – Fahrerinnen zittern danach erst mal länger eingeschüchtert vor sich hin. Erwachsene, besonders radfahrende Frauen, lassen es aber gern mal auf ein lautstark geführtes Wortgefecht mit den empörten Gehsteig-Erziehungsberechtigten ankommen. Untermalt vom Geschrei eines oder mehrerer Babys. Ich umgehe solche Brennpunkte, indem ich weiträumig einen Bogen über die angrenzende Straße mache. Zu Fuß. Das geht auch mal.

Die geheimnisvoll gebrannte Paranuss

Heute ist anscheinend jeder Fahrradfahrer in Köln auf seinem Drahtesel unterwegs. In der letzten Stunde haben mich unzählige Radfahrer überholt, meist Frauen. Und mindestens jede zweite Frau hat ein- und denselben grünen Rucksack aus Stoff auf dem Rücken. Ich glaube der Hersteller heißt Fjöllfellige Pranken. Oder so ähnlich.

Ich fahre heute lieber etwas defensiver. Mir ist noch etwas flau in der Magengegend. Ich habe gestern Abend nämlich an einem Seminar der Volkshochschule teilgenommen. Thema des Seminars war der praktische integrative Umgang mit anderen Kulturen durch interkulturelle Nutzung der Wasserpfeife in zwielichtigen Bars in der Kölner Innenstadt. Das ist natürlich nicht der genaue Seminar-Titel, aber der Inhalt des Seminars wird damit gut wiedergegeben. Es war übrigens ausverkauft.

Insgesamt zwölf interessierte Teilnehmer hatten sich verstreut an mehreren Tischen einer Shisha-Bar platziert und wurden durch das arabische Personal in den ordnungsgemäßen Gebrauch der Wasserpfeife eingewiesen. Der Altersschnitt in dieser Bar liegt normalerweise wahrscheinlich bei knapp 22 Jahren. Durch die Seminarteilnehmer wurde dieser Schnitt mindestens verdoppelt. Die Stammbesucher waren etwas verblüfft über den ungewöhnlichen Besuch der interkulturell Weiterbildungsinteressierten.

„Und hier muss ich jetzt reinblasen?" fragt die Seminarleiterin Frau Lasse-Puztusski.

„Nein, nein, ziehen. Sie müssen ziehen. Wie bei einer Zigarette." erklärt Abdul, der zur Betreuung der Seminarteilnehmer auserwählte Shisha-Meister und Besitzer der Bar geduldig. „Ich rauche aber normalerweise nicht. Das ist ungesund." Sie sagt es, und leert ihr viertes Glas Kölsch seit Beginn des Seminars vor etwa 20 Minuten.

„Und da ist jetzt Kokain drin?" fragt eine Dame um die Siebzig. Sie zeigt auf den Kopf der Wasserpfeife, wo drei glühende Stücke Kohle liegen. Ich glaube, sie heißt Frau Schransski und bewegt sich heute angeblich zum ersten Mal außerhalb ihres heimischen Veedels im Kölner Osten. Meister Abdul verdreht leicht die Augen.

„Nein, das ist Apfelgeschmack mit etwas Minze."
Frau Schransski ist mit der Antwort nicht ganz zufrieden. „Aha. Wo haben sie denn die Äpfel versteckt? Das schmeckt auch deutlich nach Gummi."

„Sie müssen erst das Mundstück auf den Schlauch setzen bevor sie dran saugen." Er sagt wirklich saugen, nicht ziehen. Bei einigen Teilnehmern sieht es aber eher nach nuckeln aus.

„Aha." Das „Aha" hört sich an wie eine Schaufel, die quietschend über eine Eisfläche im Winter geschoben wird. Sie fingert das Mundstück aus der Tüte und steckt es umständlich auf den Schlauch. Dann zieht sie kraftvoll für einige Sekunden den Rauch aus der Wasserpfeife in den Mund. Einen kurzen Moment lang glaube ich, dass sich ihr Gebiss im Mundstück festgebissen oder verhakt hat. Aber dem ist nicht so. Sie blickt sich um.

„Und jetzt?" fragt sie

„Was und jetzt?" Abdul blickt sie fragend an. „Wie wäre es mal mit ausatmen?"

„Wo ist der Rauch?" fragt Frau Schransski zurück.

Bilde ich mir das ein, oder entweicht da Rauch aus ihren Ohren? Tatsächlich. Sie öffnet den Mund und rülpst so laut, dass die schon sehr lauten RnB-Beats in dem Laden übertönt werden. Viele Augenpaare richten sich amüsiert bis empört auf die alte Dame. Abdul schüttelt den Kopf und wendet sich seinen anderen Gästen zu.

Zum Glück ist unser Tisch ein paar Meter entfernt von dem peinlichen Schauspiel. Ich lehne mich unauffällig zurück und betrachte interessiert den Kristallleuchterverschnitt an der Decke und den Ausschnitt meiner Begleitung und paffe dabei vor mich hin. Nach beruhigender Minze und fruchtigem Erdbeerkaugummi habe ich jetzt die Geschmacksrichtung geheimnisvoll gebrannte Paranuss ausgewählt. Es schmeckt interessant und durchaus geheimnisvoll, die Nuss lässt aber noch auf sich warten.

Es gibt unzählige ungewöhnliche Geschmacksrichtungen auf der Tabak-Karte. Auf der Rückseite der Karte steht, dass bei der Herstellung und Aromatisierung des Tabaks ausschließlich natürliche Zutaten verwendet werden. Ausnahmen sind die Varianten Eselsmilch mit Limone und frittierte Gurke. Was da stattdessen Un-natürliches drin ist, steht leider nicht dabei. Die meisten Sorten hören sich an, als ob sie ein sehr romantisch veranlagter Übersetzer unter Rauchwareneinfluss vom Arabischen ins Deutsche übersetzt hat. Das macht die Auswahl noch schwieriger. Laetizia, meine Begleitung heute Abend, hat sich für Origami mit weißem Pfeffer entschieden. Das hört sich auch sehr interessant an. Genauso wie Karamell mit geflochtenem Salz oder Wasabi mit feuchtem Heu.

Die Stunden vergehen angenehm langsam. Gäste gehen, neue Gäste kommen. Nur die Seminarteilnehmer bleiben sitzen und arbeiten sich gezielt durch das Angebot auf der Karte. Es ist schon kurz nach zwölf, als sich Abdul genötigt fühlt, die interkulturell interessierten Teilnehmer, von denen einige schon sehr blass oder betrunken oder beides sind, nochmals auf die richtige Handhabung der Wasserpfeife hinzuweisen.

„Also, nochmal. Es kommt nicht darauf an, möglichst lange zu ziehen, den Rauch tief zu inhalieren und dann die Luft anzuhalten. Paffen sie gemütlich und genießen sie das Zusammensein mit ihren Freunden. Darum geht es beim Rauchen der Wasserpfeife."

Zu spät. Am Nachbartisch sackt ein Teilnehmer zusammen und fällt auf den Schoß der jungen Türkin am anderen Nachbartisch. Diese kreischt auf und der ihr gegenüber sitzende Freund springt sofort wutentbrannt auf und fordert den Übeltäter auf, augenblicklich den angeblich noch jungfräulichen Schoß seiner Freundin freizugeben. Sonst könne er für nichts garantieren. Zwei Kellner heben den kreislaufkollabierten Wasserpfeifenseminaristen vorsichtig wieder an seinen Platz. Eine Kellnerin namens Ügülmü, oder so ähnlich, es war ja schon spät, bringt ein Glas Wasser und fragt, ob alles okay sei. Der blasse Mann nickt vorsichtig, erbleicht erneut und setzt sich schleunigst und mit erstaunlich sicheren Schritten in Richtung der Toiletten in Bewegung. „Klaus! Klaus-Günther, wassn los mit dir? " ruft Frau Lasse-Puztusski lallend dem ungewollt schlagseitig gewordenen Mann hinterher. Aufstehen und helfen geht wohl nicht mehr. Sie ist mittlerweile beim zehnten Kölsch plus X angelangt und pustet voller Verachtung in den Schlauch des rauchproduzierenden Drogenkonsumvehikels. Das Wasser in ihrer Wasserpfeife blubbert und der im Innern angesammelte Rauch entweicht aus der Öffnung auf der anderen Seite der Wasserpfeife und nebelt die zwei jungen Pärchen am Nachbartisch alle 30 Sekunden gründlich ein. Die unfreiwillig Eingenebelten reagieren irritiert über die Einnebelungsversuche und schauen die Nebelwerferin

119

vorwurfsvoll an, sagen aber nichts. Wohl aus Respekt vor dem Alter. Die erfahrene Seminarleiterin sieht den ungewollten Blickkontakt als krassen Affront an.

„Was guckt ihr so doof? Das ist der Geruch nach überreifer Maracuja. Die fault schon. Wie die meisten Deppen hier in dem Laden. Das ist eine total schädliche Droge! Seid ihr überhaupt schon volljährig? Ihr habt doch bestimmt was Illegales in euren Pfeifen, ihr Pfeifen." Jetzt kommt die Pädagogin bei ihr durch. Das lässt einer der sehr jungen und sehr bärtigen Jungs mit starkem Fitnessstudiobezug nicht auf sich sitzen.

„Abgefüllte Frau, geh weg, ey. Misch disch nisch ein bei uns." Die gestandene Seminarleiterin reagiert souverän. „Das heißt: Misch dich nicht ein. Mischen darfst du deine süßen bunten Kindergartencocktails mit viel Milch. Dann wird vielleicht noch was aus dir, du fetter 50-Pfennig-Verschnitt." Trotz ihres Pegels betont sie die einzelnen Buchstaben sehr deutlich. Die Seminarteilnehmer reagieren kollektiv amüsiert auf diese Einordnung. Sie meint bestimmt den Rapper 50 Cent. Pfennige kennt der angesprochene junge Mann bestimmt nicht mehr. Dafür ist er zu jung. Der Angesprochene antwortet lässig. „Was willst du? Dicht, oder was? Kämm dich mal quer, oder was!?" Jetzt lachen die zwei Mädels und sein Kumpel am Nachbartisch. Frau Lasse-Puztusski lächelt, steht langsam auf und zeigt dem halben Dollar den Mittelfinger. Der Verschnitt reagiert einen kurzen Moment fassungslos, aber weniger als eine Sekunde später steht er mit geballten Fäusten vor ihr und will die Sache gutbürgerlich klären. Rechtzeitig bemerkt er aber das grundsätzliche Problem seines Vorhabens und weiß nicht so recht mit der seltsamen älteren Frau umzugehen, die ihm gerade ihren unbekleideten Mittelfinger präsentiert hat. Fragend blickt er den mittlerweile auf die Situation

120

aufmerksam gewordenen Abdul an. Der fackelt nicht lange und beendet das Seminar abrupt.

„Es reicht! Ich glaube, Sie haben für heute genug über die Wasserpfeife und ihre Vorzüge gelernt. Es wird Zeit, nach Hause zu gehen. Die letzte Bahn der KVB wartet nicht auf Sie."

Die pädagogische Leitung des Seminars will ihm etwas entgegnen, aber der Zeigefinger des schwarz gekleideten Shisha-Barbesitzers gebietet ihr Einhalt. Dann geht es ganz schnell. Ügülmü bringt die Jacken, ein paar Euronen wechseln den Besitzer und eine ziemlich derangierte Seminargruppe wankt aus der Shisha-Bar.

Zweifellos hat das Seminar den Teilnehmern viele neue Erkenntnisse gebracht. Wenngleich diese Erkenntnisse erst mal individuell körperlich und anderweitig verarbeitet werden wollen. Und die VHS hat eine ganz neue Zielgruppe erreicht. Allerdings wird das nächste Seminar bestimmt an einem andern Ort stattfinden. Aber da gibt es ja eine reichhaltige Auswahl in dieser Stadt.

Rundgang mit spontaner Performance

Ich gebe es gern zu. Ich gehöre zu denjenigen, die auch bei strahlendem Sonnenschein und hochsommerlichen Temperaturen mit Vergnügen stundenlang durch Museen schlendern und Kunstmessen mit großer Vorfreude besuchen. Und das tue ich nicht in der Erwartung, mich ein paar Stunden in wohltemperierter Umgebung aufzuhalten, sondern es ist die Freude an der Kunst an sich. Das Publikum ist ebenfalls sehr interessant. Denn das ist so bunt und oft so asymmetrisch wie die Kunst an sich. Zumindest die Kleidung und die Frisuren der Damen. Diese Frisuren heben sich nämlich wohltuend vom Zeitgeist ab und die Kleidung verdient oft die Bezeichnung avantgardistisch. Das sind wahrscheinlich die sichtbaren Nebenwirkungen, wenn Frau sich regelmäßig und länger in künstlerischer Umgebung aufhält.

Männer reagieren auf den Umgang mit Kunst anders. Männer werden mit der Zeit eher fülliger, tragen ihre alten schwarzen Anzüge länger als es ästhetisch vertretbar wäre und verlieren viel Haupthaar. Das Resthaar wird dafür etwas länger getragen. Oder verwechsele ich jetzt die Künstler mit den Galeristen? Egal. Da gibt es eine größere Schnittmenge.

Ich kann nur vermuten, woran das liegt. Also diese Veränderungen, die die Kunst beim Menschen auszulösen vermag. Sicher, das stetige nächtliche Ringen mit der Inspiration, ständig wechselnde Musen weiblichen und männlichen Geschlechts, das ist für den Großteil der Kreativen öder Alltag. Es gibt so unzählig viele und völlig unterschiedliche Arten der Inspiration, die in das Leben des

Künstlers oder der Künstlerin eindringen und es vom Kopf auf die Füße und wieder andersherum stellen. Dazu kommt der Einfluss der Künstlerkollegen und viele andere inspirationsanregende Dinge. Getränke und Substanzen, die Dämpfe der Farben, all das und noch viel mehr vereinen sich zu einem schwer abzuschätzenden Konglomerat aus Einflüssen auf den Körper, dessen Wirkung irgendwann einen Zustand der ständigen künstlerischen Wachheit herbeiführen. Dann sieht der Maler keine Tulpen mehr, dann riecht er Cadmiumgelb und fühlt das Preußischblau in seiner Nähe. Gedanklich wird die Blume zerpflückt und ihrer Einzelteile neu zusammengebaut. Das Ergebnis sieht dann aus wie eine zerplatzte Tube Handcreme der Duftrichtung Buttermilch und Zitrone. Riecht aber anders.

Die Art Cologne ist da fast ein Pflichttermin für Kunstinteressierte in Köln. Wobei Pflicht passt nicht, dass hört sich gezwungen an. Ich war freiwillig da. Gestern am frühen Nachmittag machte ich mich auf zum Messegelände in Deutz. Dort wird fleißig gebaut und erweitert. Wie es in Köln üblich ist.

Oh Wunder. Ich werde am Eingang nicht durchsucht und meine Tasche bleibt unbeäugt vom wachsamen Messepersonal. So gelingt es mir, eine kleine Flasche Sprudelwasser, eine noch kleinere Tube Handcreme mit Olivenessenzen und eine Einkaufstasche aus Jute hineinzuschmuggeln. Ich beginne meinen Rundgang auf der mittleren Ebene. Dort wo sich die wenigen wirklich umsatzstarken Galerien dieses Gewerbes gut sichtbar direkt am Eingang der Halle platziert haben. Es ist nett was es dort zu sehen gibt. Eine lebensechte Darstellung eines farbigen Mannes mit Putzutensilien, eine originalgetreue Nachbildung eines sitzenden Schäferhundes, der hin und wieder seinen Kopf neigt. Es reicht auf jeden Fall, um eine ausführliche

Erwähnung in der Presseberichterstattung zu bekommen. Aber ist es originell? Muss es überhaupt originell sein? Das ist eine Messe, hier wird Kunst angeboten und verkauft. Zahlungskräftiges Publikum trifft auf ein buntes, marketingtechnisch aufgeladenes Angebot.

Ich gehe durch die Halle und auffallend wenig erweckt mein Interesse. Bin ich abgestumpft? Werde ich nicht gut unterhalten? Nein, ich habe eher das Gefühl zu viel von den Ausstellungsstücken schon gesehen zu haben oder sie zu kennen, obwohl ich sie zum ersten Mal sehe. Ich schieße auch wenig Bilder und bin trotz dieses zweifellos vorhandenen Vorfreudegefühls recht schnell gelangweilt. Die Halle ist schnell erkundet. Hm, dann gehe ich mal eine Etage höher. Aber auch hier bleibt die Begeisterung aus. Vieles wirkt unfertig und sieht aus wie neu zusammengesetzte Inhalte eines gelben Sacks. Dann kommen die Kojen der Kunstvereine in Sicht. Ich freue mich grundsätzlich über das Engagement der ganzen anwesenden Kunstvereine, aber das Personal an deren Ständen erweckt teilweise das Gefühl, hier eine mehrjährige Strafe absitzen zu müssen.

Ich brauche eine Pause, sonst geht die Stimmung noch in den roten Bereich. Aber es wird schlimmer. Es folgt der Tiefpunkt: Der 4 €-Cappucino, für Messeverhältnisse geradezu schäbig billig, ist eine Mischung aus siedendem Wasser und dazu unbewusst passend abgestimmtem verbranntem Kaffeepulver. Ich setze mich auf eine leere Bank und lenke mich mit dem Blick in ein Kunstmagazin ab. Dort wird der Mist, den ich gerade in echt betrachtet habe mit selten dämlichen Begründungen abgefeiert. Die Position des Kreativen und eine interessante Begleitgeschichte zählen anscheinend weit mehr als das Werk selber. Die Kunst, das Werk selber wird dadurch leider belanglos. Erst das Werk, dann der Kontext. Flach, ganz flach verehrte

Fachjournalisten. Nein, ich will auch kein Testabo. Das fehlt noch. Ich möchte lieber Kunst selber entdecken.

Nach etwa einer Viertelstunde ist der angebliche Cappucino ohne Verbrennungen trinkbar. Streng genommen gehört er zurückgegeben und die Kaffeemaschine im Rahmen eines spontanen Aktes von Notwehr lautstark die Treppen runtergeschmissen. Aber ich bin als Besucher hier und nicht als Künstler. Sonst kriege ich wieder Applaus für meine tolle Performance und alle schwarzverkleideten Galeristen wollen mich vertreten und drängen mir ihre auf abgegriffene Visitenkarten gedruckten Kontaktdaten und den abgestandenen Rotwein vom Eröffnungstag auf. Das will ich aber nicht. Deshalb trinke ich das leicht koffeinhaltige Gesöff aus, fülle den Becher mit einem Gemisch aus Leistungswasser und 20 Beuteln Zucker und werfe das Zuckerwassergeschoss in einem unbeobachteten Moment im hohen Bogen hinter die kleine Kaffeetheke. Dort, wo die beiden gelangweilten und mit etwas albernen Motiven tätowierten Bedienungen mit ihren Handys rumspielen. Anstatt die Maschine mal richtig einzustellen und somit für ein positives Geschmackserlebnis bei den Messebesuchern zu sorgen. Fake-Kaffee-Flittchen! Im Weg-gehen höre ich ein entsetztes Kreischen und Stimmengewirr. Ich verschwinde schnurstracks und betont unauffällig in der Menschenmenge am Stand nebenan, die einem bestimmt sehr bedeutungsvollen Vortrag über Genderfragen in der Kunst lauscht. Allerdings unterbricht die vortragende Dame ihren Vortrag für einen Moment, als sie den Tumult am Kaffeestand nebenan mitbekommt.

Jetzt fühle ich mich besser. Meine Handlung hat den negativen Gedankenkreislauf gestoppt und für etwas Abwechslung gesorgt. Ich setze meinen Rundgang fort, finde aber auch im Obergeschoss keine rechten Highlights. Irgendwie läuft es nicht so toll. Ich bin in diesem Moment wirklich unzufrieden mit dem, was hier als die Creme der Kunst aufgetischt und angeboten wird. Das kann doch nicht alles gewesen sein? Also runter ins Erdgeschoss, wo meiner Erinnerung zufolge Klassiker wie Max Ernst, Andy Warhol und Roy Lichtenstein einem schon etwas älteren Publikum mit Vorliebe für Goldknopfzweireihern und Brillen mit Goldrand angeboten wird. Ich gehe ohne Erwartungen dorthin. Und siehe da: Diesmal entdecke ich hier ein paar wirklich schöne Dinge. Werke, bei denen handwerkliches Können und mehr als nur eine gute Idee zusammenkommen. Kunst, die ohne einen aufwendig maßgeschneiderten oder eilig zusammengezimmerten Kontext wirkt und den Betrachter erfreut, innehalten lässt und sich ins Gedächtnis eingräbt. Schön.

Und trotzdem, mein Kopf ist voll. Die übliche Reizüberflutung auf Ausstellungen dieser Größe ist wohl unvermeidbar. Beim Rausgehen drückt mir eine junge Frau ein Kunstmagazin in einer Plastiktüte in die Hände. Ich sage mal nicht nein, nehme gleichgültig die Tüte plus k.west und gehe zur Bahn. Beim Warten am Bahnsteig werfe ich müde einen Blick in das Heft. Das Wort Typographie in einem Artikel schaltet mich wieder an. Dieses Thema begeistert mich seit Jahren. In der Bahn entdecke ich mehrere weitere interessante Artikel im Heft. Ich freue mich auf die Couch und eine Runde schmökern.

Hat sich der Besuch der Messe gelohnt? Ja, aber der Reiz des Frischen und Neuen war dieses Jahr nicht da. Für mich zumindest nicht. Aber der Nachmittag war trotzdem interessant. Das reicht vollkommen.

Themenhopping

Manchmal ist die Themenwahl für einen Text sehr schwierig. Es passiert gerade so viel, dass ich von der Auswahl des Themas für diesen Text etwas überfordert bin. Das kommt hin und wieder vor, heute ist es ungewöhnlich ausgeprägt. Ich weiß jetzt schon, dass nach diesem einführenden Absatz wieder ein paar potentielle Textkomplettleser abspringen werden, weil ich nicht zum Thema komme. Aber ich bin ja noch auf der Suche nach dem Thema. Aber der Reihe nach.

Auf persönlicher Ebene peinigt mich gerade die alljährliche Allergie. Da freuen sich die Hersteller von Papiertaschentüchern. Folglich bleibe ich lieber zuhause, anstatt die wärmenden Sonnenstrahlen zu genießen, lasse die Fenster geschlossen und werde dann gleich mit dem nächsten Thema konfrontiert. Nämlich dem Bedürfnis, meine Wohnung von überflüssigem materiellem Kram zu befreien. Ich besitze zu viel Kleidung, Bücher und unzählige Dokumente in Papierform, die irgendwo einsortiert werden wollen. Wobei die Sinnfrage, ob ein irgendwo Einräumen überhaupt zielführend, oder entsorgen nicht die bessere Lösung ist, noch zu beantworten wäre.

Gestern hätte ich mir fast ein Buch über das richtige, also produktive, Aufräumen gekauft. Dies hätte das Problem aber vermutlich nur verschärft. Immerhin stehen in meinem Buchregal mehrere Bücher, ich zähle sie besser nicht, die seit längerem gelesen werden wollen. Und einige davon wurden mit der Intention gekauft, dieses bestimmte Buch sofort zu lesen und die daraus gewonnen Erkenntnisse sofort gewinnbringend in die Tat umzusetzen. Sowohl das Lesen, als auch die angedachten Taten blieben aus. Ich bin zwar im Alltag mit Worten und Taten nicht sparsam, die vollbrachten Worte und Taten entsprechen aber nur selten den geplanten Worten und Taten. Im Ergebnis sammelt sich eine große Zahl ungelesener und nicht geistig nachvollzogener Worte und sehr viele nicht vollbrachte Taten an. Natürlich könnte ich diese Bücher auch einfach entsorgen. Dann ist wieder mehr Platz und Freiraum für, der aufmerksame Leser ahnt es bereits, ganz neue Worte und Taten.

Weitere mögliche Themen: In Köln läuft die wichtigste Messe für den fitnesszentrierten Menschen, die Fibo. Fibo, nicht Fido. Fido, dass ist diese Sache mit Platz! und Sitz! Also irgendwas mit schwerhörigen Hunden. Die Fibo ist eine große Messe und unglaublich Lifestyle. Wenn hier Lifestyle steht und nicht ein schönes deutsches Wort wie Lebensweise oder, noch schöner, Lebensart, oder, für die etwas älteren Leser, Lebensführung, dann ist das ein deutlicher Hinweis auf etwas Modisches, Selbstzweckmäßiges, Sonnenbankgegerbtes und ähnliches, äußerliches. Oberflächlich wäre sprachlich an dieser Stelle nicht ganz korrekt, weil Dinge wie Haartransplantationen (plastisch gesprochen: Lifestyle-Chirurgie), also Haare auf dem Kopf neu ansiedeln, weniger die Entnahme, und der großzügige Verbrauch von Lifestyle-Medikamenten aus der Apotheke (Schönheit von Innen), auch dazugehören.

Lifestyle ist essentieller Bestandteil der eigenen Lebensführung und gehört bei vielen Menschen einfach dazu. Genauso wie atmen und der mindestens achtmalige Blick pro Minute auf die Mobiltelefonanzeige. (Der Begriff Smartphone würde die Nutzer ebendieses, angeblichen, Schlautelefons zu sehr kognitiv abwerten.) Lifestyle kann eine Phase sein, die das mit steigendem Einkommen und sinkender Sinnhaftigkeit entstehende Vakuum füllen darf.

Und Fitness ist ganz wichtig. Fitness ist Pflicht. Fitness ist Veränderung, nämlich die Veränderung hin zum besseren Körper. Und der Körper muss ja sichtbar in Form sein, sonst kann so ein Messebesuch unangenehm werden.

Viele Menschen widmen ihre Existenz sehr stark der Veränderung ihres Körpers und der Arbeit. In genau dieser Reihenfolge. Wie ich in jungen Jahren erfahren habe, verändert die Arbeit am Körper, besonders Krafttraining, das Körperbewusstsein. Das merken besonders junge Menschen in der Pubertät. Zu dem schon vorhandenem pubertären Gefühlschaos kommt noch das übersteigerte Körperbewusstsein durch Krafttraining, Fitnesskurse und andere schweißtreibende, aber nur bedingt befriedigende Aktivitäten. Diese Aktivitäten werden auch im weiteren Lebensverlauf fortgesetzt und können in Verbindung mit einer starken Fokussierung auf eine fitnessorientierte Ernährung die Pubertät bis in die späten Jahre der eigenen Existenz verlängern.

Meine eigene Fitness ist gerade deutlich eingeschränkt. Zum einen erzeugt die Allergie in meinen Lungen ein deutlich hörbares rasselndes Geräusch beim Ausatmen. Die Bronchien sind gereizt durch umherfliegende Pollen und geben diese Gereiztheit akustisch sehr eindrucksvoll weiter. Zumindest sorgt dieses Geräusch dafür, dass mir meine Mitmenschen weiträumig aus dem Weg gehen. Das finde ich beim samstäglichen Einkaufen auf dem völlig überfüllten Markt sehr angenehm. Sonst aber nicht so. Zum anderen habe ich eine meiner beiden kurzen Laufhosen entsorgen müssen, weil sie infolge eines fehlenden Haltegummis (heißt das so?) im Bund dauernd runterrutschte. Und jetzt suche ich die andere kurze Laufhose seit einer Woche vergeblich. Wobei, suchen ist vielleicht etwas übertrieben. Ich habe in zwei von vier Taschen meiner Sporttasche nachgeschaut und bin dort nicht fündig geworden. Bisher habe ich die Suche auch nicht auf die Fächer der Kommode im Schlafzimmer ausgeweitet. Womit ich geschickt, aber ungeplant wieder den Bogen zum Thema Aufräumen hingekriegt habe.

Die Allergie ist heute übrigens merklich zahmer als gestern. Der morgendliche Regenguss hat offenbar für etwas Entlastung gesorgt. Ich werde bald an die gereinigte Luft eilen. Um sie zu schnappen. Wie ein wacher aber nicht so fitter Dichter einst schrieb.

Die bunten Pulliträger und die schwarzen Kätzchen mit Goldrandbrillen

„Die sind aber bunt."

„Was meinst du?"

„Schau mal unauffällig da rüber."

Am Tisch rechts quer hinter ihr sitzen zwei ältere Herren. Sie unterhalten sich angeregt. In dieser Lokalität fallen sie auf. Beide tragen Pullis, die vermutlich die Trendfarben dieses Jahres vorwegnehmen. Der eine Pulli ist in hellem Lila, der andere in Orange. Beide Herren sind gut beleibt was auf eine gewisse Genussorientierung schließen lässt. Damit sind sie eindeutig optisch der farbliche Schwerpunkt in dieser engen und lauten Pizzeria. Rundherum trinkt alles zuckrige Cola, fuseligen Wein oder gasiges Wasser. Der Herr in orange hat einen eindrucksvollen Becher Filterkaffee in der Hand. Der Herr in lila ist gar ohne Getränk. Sie wirken zufrieden, so wie sie vor ihren leeren Tellern dasitzen und sich unterhalten.

Das Kontrastprogramm sitzt direkt daneben. An einem der Nachbartische des bunten Duos sitzt eine Gruppe jugendlicher Frauen. Drei schwarzhaarige Frauen, alle komplett in schwarz gewandet. Enge Jeans bis zum Bauchnabel, keine Socken, leichte Stoffschuhe und dazu Shirts und Jeansjacken. Alles in schwarz. Und nicht gerade wärmend, da die Temperaturen in Köln aktuell im Minusbereich verharren. Zwei tragen großformatige Brillen mit Goldrand. Alle drei sind heftig geschminkt. Schwarze Balken statt Augenbrauen, dunkelbrauner Lippenstift und

131

dazu hellbraunes, komplett deckendes Gesichts-Make-up. Jedwede wahrnehmbare Gesichtsmimik wird durch die Schminke unterbunden. Vielleicht wärmt das flächendeckende Make-up so sehr, dass wärmende Kleidung überflüssig wird? Blitzen weiße Zähne auf, könnte es sich um ein Lächeln handeln. Das scheint momentan das allgemeingültige Erscheinungsbild für diese Altersklasse zu sein.

Stopp! Nicht schon wieder dieses Thema. Sonst kommen wieder empörte Zuschriften mit Vorwürfen wie, ich hätte ja etwas gegen jedwedes Make-up oder sonstige Verschönerungsmaßnahmen bei Frauen. Dem ist nicht so.

„Das ist optisch ein schöner Kontrast. Orange-lila zu schwarz-hellbraun." Meine Begleitung bemerkt meinen Blick und bringt meine Gedanken auf den Punkt:

„Lass mich raten. Nein, nicht raten. Ich weiß, was du denkst: Du siehst drei junge Frauen im schminkfähigen Alter mit abscheulichen großformatigen Goldrand-Brillen plus aufgeklebten Fingernägeln."

„Richtig." Stimmt, die aufgeklebten Krallen habe ich ganz vergessen. Sind natürlich auch schwarz.

„Die habe ich beim Reinkommen gesehen. Sie trinken alle Cola light. "

Sie hat Recht. Noch eine Übereinstimmung. Der ältere Herr in orange trägt übrigens auch eine Brille mit Goldrand. Seine Brille könnte aus den Achtzigern oder frühen Neunzigern sein. Seine Haut ist auch gebräunt, vermutlich ist das aber der Sonneneinstrahlung zu verdanken. Ich glaube Mode, Trends und Style sind ihm egal. Er wirkt authentisch.

Ich sehe mich weiter um. Der Laden wird vorwiegend von eher jungen Menschen Anfang zwanzig frequentiert. Dabei fällt auf, dass der üppige Vollbart anscheinend langsam vom Oberlippenbart abgelöst wird. Männer tragen eher Brillen in

Rundform plus Oberlippenbart plus Kopfsocke. Frauen bevorzugen eher großformatige ovale Brillen mit Goldrand auf dem mit mattierender Schminke versehenem Nasenrücken. Die Achtziger erheben wieder ihr abscheuliches Haupt. Allerdings noch ohne Föhnfrisuren und Schulterpolstern. Das kommt aber bestimmt noch. Die hungrigen unter 20-Jährigen in diesem Raum fotografieren ihr Essen und posten erst mal eine Statusmeldung dazu. Wahrscheinlich Yummy oder was ähnliches. Dann erst, nach den ersten Likes, schneiden sie die erkaltete Pizza an. Da bin ich ja anders. Sobald die Teller mit der Pizza unseren Tisch berührt haben, widme ich mich dem leckeren Teigling mit Fisch-, Käse- und Gemüsebewurf. Erst als das Überleben dank schneller und durchaus etwas unachtsamer Nahrungsaufnahme gesichert ist, nimmt unser Gespräch wieder Fahrt auf.

„Ich will weg davon Menschen zu bewerten. Ich möchte sie annehmen können, so wie sie sind. Das gelingt mir aber nicht. Warum kann ich abscheulich geschminkte Frauen nicht einfach zur Kenntnis nehmen und gut ist?"

„Naja, das ist wie Kinder und Spinat. Das geht nicht zusammen. Weil der Ekelfaktor deutlich zu groß ist."

„Aber heute esse ich gern Spinat."

„Moment. Du schüttest so viel Erdnuss-Sesamsauce auf den Spinat bis er verschwindet und kaum noch identifizierbar ist."

„Du meinst, das ist wie schminken? Aber mit Erdnuss-Sesamsauce statt Puder und Creme?"

Sie runzelt die Stirn.

„Hm, vielleicht. So in etwa. Das geht gedanklich aber um mindestens vier Ecken. Es könnte aber unter Umständen sein, dass wir das Gleiche meinen. Ansatzweise. Die Mädels müssen sich halt schminken um ihre Persönlichkeit auszudrücken oder zu entwickeln."

„Dann bin ich Retro. Ich orientiere mich eher an der Vergangenheit. Seit Wochen höre ich jede Menge Prog-Rock. Yes und so was. Lange Stücke, viele Soli. Darauf zu tanzen ist nicht leicht…"

Die Farben bewegen sich. Die bunten Herren wollen offenbar aufbrechen und sind im Begriff, ihre dicken Fellwintermäntel anziehen. Dafür brauchen sie Platz. Und den nehmen sie sich ganz selbstverständlich, indem sie stehend und mit Schwung die Mäntel anziehen. Der Saum eines gut abgehangenen Biberfellmantels streift die erkaltete Oberfläche einer Pizza mit Artischocken und Meeresfrüchten ungeklärten Verfallsdatums. Die schwarzen Mädels blicken empört auf die raumgreifenden Unruhestifter, weichen zurück und umklammern ihre Handys. Nicht das der Biber diese noch wegschnappt.

Pause. Nein, so geht das nicht. Die Geschichte geht in die völlig falsche Richtung. Ich muss weg von dem Bild mit den schlimm geschminkten Tussis. Also anders.

Ich stelle mir drei schwarze Kätzchen vor, die abwechselnd in den spiegelnden Boden ihres Fressnapfes blicken und sich darum streiten, wer das am schönsten geföhnte und gekämmte schwarze Fell hat und wer am dämlichsten miaut. Da kommt eine riesige Dogge mit orangefarbenem Fell vorbei und stößt den Napf mit einer Pfote im Vorbeigehen um. Die Kätzchen werden keines Blickes gewürdigt, gucken kollektiv doof aus der Wäsche und stellen vorübergehend das miauen ein. Das ist besser. Das ist irgendwie neutraler.

Die bunten Herren sehen mit den Fellmänteln ein bisschen aus wie die gealterte Ausgabe von zwielichtigen Typen aus einem Bond-Film in den Siebzigern. Ein Wintersportort in den Alpen, Sportwagen mit Winterreifen und

134

Schleudersitzen, Blofeld streichelt seine weiße Katze, bis deren Fell komplett runter ist und so was. Sie bewegen sich langsam aber stetig durch das Getümmel. Ihre Leibesfülle lässt alle am Gang sitzenden Menschen instinktiv zurückweichen. Vielleicht riechen ihre Mäntel auch einfach nur streng. Keine Ahnung, ich habe Schnupfen. Sie zwängen sich nicht etwa zwischen den Tischen hindurch, sie schieben sie im Vorbeigehen einfach beiseite. Ganz selbstverständlich, wie Eisbrecher. Ihr Blick ist auf den Ausgang gerichtet. Ein Blick davon, der der Dogge, ist durch eine Brille mit Goldrand geschärft. Die Kellner gehen nicht beiseite, sondern stellen sich seitlich an die Wand und ziehen den Bauch ein. Damit sie nicht mit nach draußen gedrängt werden und im Vorbeigehen womöglich noch angebellt werden.

Seitenschläferkissen mit individueller Duftnote sucht Anschluss

Letzte Woche habe ich mich einer der letzten großen Herausforderungen in unserer modernen Konsumgesellschaft gestellt. Eine Einzelhandelskette bot Kopfkissen in verschiedenen Varianten zum Spottpreis an. Wie es der Zufall wollte, hatte ich gerade erheblichen Bedarf nach einem neuen stabilen Kopfkissen, dem ich mich des Nachts vertrauensvoll anschmiegen und darauf ablegen konnte. Zumindest den Kopf und Teile der Schulterpartie.

Solche Angebote sind häufig im Verkaufsprospekt mit dem Zusatz „Angebotsmenge kann bereits am ersten Tag ausverkauft sein" versehen. Das erhöht den Druck, sich frühzeitig in eine Filiale der Kette zu bewegen, zeitnah die vorhandenen Kissenvarianten zu prüfen und dann mit dem ausgewählten Exemplar in Richtung der Kasse zu eilen. Und natürlich muss man sich mit den anderen Interessenten eine gediegene Kopfkissenschlacht liefern. Da kann dann gleich das Füllmaterial der Kissen beim umherfliegen begutachtet werden.

Ich habe in der jüngeren Vergangenheit mehrere Varianten von Kopfkissen ausführlich ausgetestet. Diese Tests sind langwierig und oft beginnt direkt danach die Suche von neuem. Manche Kopfkissen waren zu klein, manche zu groß, einige zu niedrig, wenige zu hoch, viele rochen nach Plastik, einige rochen nach Metall, bei einigen begannen des Nachts die Ohren zu schmerzen oder gar taub zu werden, obwohl das Kissen haptisch zunächst recht weich erschien. Viele waren so flauschig und gaben so stark nach, dass ich das

Gefühl hatte, der Kopf liegt plan auf der Matratze auf. Dafür brauche ich dann wiederum kein Kopfkissen. Das geht auch ohne Kissen.

Lesenswert ist das Etikett mit den Angaben zum Reinigen. Mit kryptischen Symbolen werden dort die wichtigen Vorgaben bezüglich des richtigen reinlichen Erhalts des Kopfkissens mitgeteilt. Dort steht verklausuliert, welches die richtige Waschtemperatur des Kopfkissenbezuges ist, ob im Trockner getrocknet werden darf, oder ob ausschließlich per Handwäsche bei konstant 19 Grad Wassertemperatur bei Vollmond an ungeraden Tagen mit einer milden Seifenlauge, gewonnen aus Zutaten vom Markt in Köln-Nippes, die an einem zweiten Dienstag im Monat zwischen 8:37 und 9:15 Uhr gekauft werden müssen, gereinigt werden darf. Ich glaube aber, dass Etiketten in Kopfkissen, die zuletzt genannte Informationen und Vorgaben beinhalten, eher für eine sehr spezifische, mir bisher nicht bekannte, Seitenrückschläferteilzeitzielgruppe mit Hang zum Kopfrotieren gedacht ist.

Ich habe mir ein Seitenschläferkissen gekauft. Die Entscheidung fiel mir dann doch sehr leicht. Von den drei Modellen im Angebot sah eins aus wie ein überlanger unappetitlicher Schokoriegel aus Baumwolle, ein Kissen hatte ein großes rundes Loch in der Mitte, wodurch bei mir sofort die Preis-Leistungsverhältnis dieses Produktes negativ ausfiel und das Dritte schließlich war wellenförmig und war optisch den mir bisher bekannten Modellen sehr ähnlich.

Beim Auspacken zu Hause bekam ich allerdings etwas Gleichgewichtsstörungen. Das Kissen war in eine Plastikfolie eingeschweißt und ich hatte das Gefühl, mein Gesicht in die Ausdünstungen eines brennenden Autoreifens zu halten. In der ersten Nacht roch es noch deutlich nach Kunststoff, später dann etwas metallisch. Vielleicht reift das Kissen nach dem Auspacken erst unter Sauerstoffzufuhr zum eigentlichen Weichheitsgrad heran und verändert währenddessen seine Molekularstruktur. Wein wird ja auch erst nach dem Dekantieren zu einem geschmacklichen Genuss. Manchmal zumindest.

Am nächsten Morgen hatte ich rote Augen. Das kommt zwar hin und wieder vor, erschien mir aber doch etwas suspekt. Ich habe dieses hochwertige Kunststoffprodukt dann erst mal ausführlich auslüften lassen. Jetzt, nach einer Woche, ist der Geruch neutral und ich gewöhne mich langsam an das geschwungene, nicht zu harte Kissen. Doch, ich schlafe gut und erquicklich damit aber bilde mir ein, dass die Barthaare seit neuestem rechts spärlicher wachsen. Ich schlafe ja oft auf der rechten Seite. Das kann natürlich auch ganz andere Ursachen haben. Vor ein paar Tagen hat eine als Einhorn verkleidete Frau mit einem Huf (oder war es das Horn?) ungelenk meine rechte Gesichtshälfte touchiert. Dabei empfand ich deutlichen Ekel, weil die Ausdünstungen des Fabeltieres bereits aus mehreren Metern entfernt zu riechen waren. Ich werde die Sache beobachten und einen Barbier zu Rate ziehen.

Übrigens wollte ich Karneval als Einhornmetzger gehen. Jetzt habe ich mich aber doch für die Variante Kühlschrank füllen für eine Woche und Stacheldraht ums Haus entschieden. Kopfkissen schlägt Einhorn.

Über vorglühende Einhornherden und die meditative Wirkung von Stacheldraht an Karneval

„Das gibt es doch gar nicht. Du und deine Karnevalsphobie. Findest du das nicht etwas übertrieben?"

„Was meinst du?" frage ich gelangweilt zurück. Karneval, allein dieses Wort reicht und schon liegt Spannung zwischen uns in der Luft. Sie feiert gern verkleidet die fünfte Jahreszeit hindurch. Ich feiere gern unverkleidet. Also das ganze Jahr hindurch. Sie blickt skeptisch auf die Eingangstür meines Wohnhauses. Vor der Tür liegen zwei große und schwere Rollen Stacheldraht. Insgesamt zwei Kilometer rasiermesserscharfer Stacheldraht. In schrill-pinker Farbgebung. Der Verkäufer hat mir versichert, dass allein der Abschreckungseffekt der Stacheln jeden Karnevalswütigen auf Abstand hält. Gleichzeitig passt die Farbe gut zur Jahreszeit und hemmt eventuell aufkommende Aggressionen gegen das scharfe Hindernis.

Sie schüttelt den Kopf. „Ich finde es ja ok, dass du Karneval nicht feierst und dich nicht zukölschen lassen willst. Aber musst du deshalb das Haus mit Stacheldraht umwickeln? Hast du Angst, das Haus wird von Verkleideten überrannt und du tagelang mit Karnevalsschlagern gefoltert?"

„Nein. Sollte das passieren, flüchte ich vorher rechtzeitig in den Panic Room im Keller. Der Draht ist eine reine Vorsichtsmaßnahme. Ein Warnschild aufhängen reicht einfach nicht. Das müsste außerdem ein recht großes Schild sein. Ein Text wie *Der Zutritt für verkleidete und unverkleidete*

Wildpinkler und Wildpinklerinnen ist untersagt. Spontanreihern und debiles Verhalten ebenso. ist einfach zu kompliziert. Das wird kognitiv nach dem fünften Kölsch auch schwierig. Von so was wie Was du nicht willst was man dir tu, das füg auch keinem anderen zu ganz zu schweigen."

Sie verdreht die Augen. „Dein Weltbild ist eindimensional und negativ. Du Karnevalshasser!"

„Das stimmt nicht. Hass ist schrecklich. So bin ich nicht. Mein Weltbild wird durch meine Umwelt geprägt. Und da bleibt schon was von der kölschen Lebensart hängen. Gestern hat ein Mann im Hundekostüm eine Angestellte beim Metzger gefragt, welche Sorte Mett zum Verzehr auf Brötchen am besten geeignet ist. Sie hat gesagt: ,Dieses hier, das ist frisches Karnevalsmett. Das muss aber heute noch gegessen werden, darf aber nicht an Tiere verfüttert werden. Und es macht Sinn, ganz viel Alkohol dazu zu trinken. Das wird Ihnen schmecken.' Ich finde, in dieser sehr fachkundigen Auskunft liegt viel Wahres."

„Ich esse kein Mett. Du aber schon. Draußen feiert die ganze Welt und du sitzt allein drinnen und, ja was machst du dann? Meditieren?"

„Ja, genau. Das ist toll. Ich spüre die positive Energie draußen und bin gleichzeitig drinnen in Sicherheit vor den negativen Begleiterscheinungen. Das fühlt sich gut an. Diese innere Ruhe bei äußerer Unruhe ist was ganz Feines."

„Du willst doch nur vermeiden, dass dich der Karnevalsvirus infiziert."

„Wenn es doch nur ein Virus wäre. Dann liegt man ein paar Tage flach, kuriert sich aus und dann ist man wieder gesund. Aber Karneval ist ein ganzjähriges Geschäftsmodell geworden. Die Spirituosenhersteller und Kneipen freuen sich. Vielen Dank auch."

„Na, dann wünsche ich dir viel Spaß alleine. Was machst du eigentlich, wenn du mal raus aus dem Haus musst? Dein Kühlschrank ist ja irgendwann leer."

„Dann gehe ich nur in Unterhose und mit Schlappen bekleidet rüber zum Supermarkt und kaufe ein. Da falle ich gar nicht auf. Ich muss aber immer mindestens eine Flasche Bier mitkaufen. Sonst falle ich auf und werde von den umstehenden Karnevalisten beim Dosenkauf angequatscht oder muss die Kölnergemeinschaftsschlagerbringenallezumheulen mitsingen bevor mir irgendwann die Flucht gelingt."

„Du Armer. Ich verkleide mich gleich als Einhorn und treffe dann die Mädels zum Vorglühen. Die gehen auch als Einhorn."

„Einhornherden glühen immer kollektiv an Karneval vor. Einhornglühen in der Altstadt ist sehr beliebt. Ein schöner Titel."

„Tschüss."

Sie dreht sich um und verschwindet zügig in der nächsten U-Bahnhaltestelle. Ich ziehe die dicken Sicherheitshandschuhe an und beginne den Stacheldraht am Haus zu befestigen. Diese Arbeit hat so etwas Kontemplatives. Da ist die Transzendenz nicht weit. Und das mitten in dieser feierwütigen Zeit. Ich bin begeistert.

Aber jetzt reicht es auch mit den Einhörnern.

Wartezimmer im Schnelltest

„Guten Tag junger Mann, ist der Stuhl hier frei?"

„Ja, bitte sehr."

Die ältere Dame setzt sich auf den Stuhl neben mir. Das Wartezimmer des Arztes ist jetzt bis auf den letzten Platz besetzt. Die Luft ist zum Schneiden, die Stimmung der Wartenden schwankt zwischen den Polen Langeweile, Ärger und Resignation hin und her. Ein Mann Mitte dreißig mit Gipsbein öffnet routiniert sein fünftes Dosenbier. Eine junge Frau mit Zahnspange und beidseitig geschienten Handyfingerfrakturen ist eingedöst und schnarcht den wartenden Patienten etwas vor. Alltag in deutschen Wartezimmern.

Wartezimmer sind für mich eine Spiegelbild der Persönlichkeit des behandelnden Arztes oder der Ärztin. Deshalb möchte ich hier meine Wartezimmer-Erfahrungen wiedergeben. Der ausführliche Test wird in der brandneuen Studie Das medizinische Wartezimmer, eine Studie der Stiftung Medizin und bewusstes Warten auf Heilung, am 23. Dezember erscheinen. 2.356 Seiten für nur 95 €, Wartesaal Verlag Köln.

Beim Orthopäden in der Südstadt sind die Zeitschriften mindestens ein halbes Jahr alt und total abgegriffen. Die Spielecke für die Kinder mit dem Teppich, der eine lustige Stadt voller glücklicher Menschen zeigt, ist vermutlich noch nie in Kontakt mit Reinigungsmitteln oder einem Staubsauger gekommen. Ich vermute Kinder werden in dieser Praxis ihre orthopädischen Probleme los, lernen dafür aber ein paar ganz tolle neue Freunde aus dem unendlichen

Universum der Bakterien kennen. Immerhin gibt es was zu trinken in Form einer halb gefüllten Flasche Sprudel. Allerdings sind keine unbenutzten Gläser mehr vorhanden. An der Wand hängen Poster, auf denen die Krankenkassen der gezielten Missachtung der Interessen der Patienten beschuldigt werden. Die Wartezeiten schwanken bei den Kassenpatienten zwischen 45 Minuten und zweieinhalb Ewigkeiten. Patienten, die am Freitag um 19 Uhr immer noch auf Behandlung warten, werden ohne Aufpreis auf die Straße befördert.

Etwas freundlicher sieht es beim Zahnarzt aus. Im weiß gestrichenen, sehr hellen Wartezimmer sind sparsam ein paar Bilder verteilt, die auch ein Nicht-Fachmann als Kunst einordnen würde. Nicht weil sie künstlerisch wertvoll wären, sondern weil sie hier hängen. Die hohe Decke und Zeitschriften wie Weltkunst für Kunstsammler-Frischlinge und Bunter - das Promi-Klatsch Magazin für angehende Prothesenträger, sorgen für literarische Abwechslung. Die ausgeglichen wirkenden Patienten spielen mit dem Handy, lesen oder flirten mit den osteuropäischen Zahnarzthelferinnen. Der Weißwein ist gut, allerdings mindestens fünf Grad zu kühl serviert. Was sich durch ein deutliches ziehen an den Weisheitszähnen unangenehm bemerkbar macht. Die Lachsschnittchen schmecken deutlich nach Tiefkühlung. Dafür entschädigen die leckeren Erdnuss-Schoko-Berge und die milde Zigarre der Marke Smelly Tobacco. Zahnbürste und Zahnpasta vor der Behandlung werden gestellt, allerdings schmeckt die Pasta zu stark nach Olivenöl. Klassische Musik perlt aus den Boxen. Der Zahnarzt summt bei der Behandlung im Nachbarzimmer zur Beruhigung der Patienten gerne die Ouvertüren leise mit.

Wirklich großartig ist das Wartezimmer in der Abteilung für Blutspenden eines Krankenhauses in der Kölner

Innenstadt. Jedenfalls in der Vorweihnachtszeit. Eine große und gute Auswahl an belegten Broten und Lebkuchen liegt bereit für die Spender. Das Publikum ist jung und sehr gut gelaunt. Grund dafür ist der junge Mann, der regelmäßig einen großen Bottich mit heißem Glühwein umrührt und die Spender nach der Blutspende zügig mit dem heißen Wintergetränk versorgt. Gerne auch mehr als einmal. Allerdings darf man im Wartezimmer nur in Zimmerlaustärke singen, weil das Fachpersonal im Blutspenderaum sonst das Zähneklappern der Spender nicht mehr gut hören kann. Und die Abgabe von mehr als 12 Lebkuchen pro Person ist nicht erlaubt. Dafür wankt der gut gewärmte Spender dann sehr zufrieden aus dem Warte- und Regenerationszimmer zur nächsten Haltestelle der öffentlichen Nahverkehrsbetriebe.

Notfall!

Die Glastür fliegt auf. Ein junger Mann stürzt herein, er keucht heftig. Nach nur zwei, drei zittrigen Schritten in den Raum sinkt er auf die Knie. Sein Oberkörper ist aufgerichtet, die Arme hängen schlaff herunter, das Gesicht ist verzerrt. Mit zittrigen Händen nestelt er an seinem rechten Hemdsärmel herum. Verbissen krempelt er den Ärmel nach oben. Ein schrecklicher Anblick. Ich blicke in die Runde: Die Menschen in diesem Raum sind erstarrt. Alle haben den armen Mann im Blick. In seiner Armbeuge kommt ein Adapter oder so was zum Vorschein. Ich verstehe: Hier ist ein Süchtiger, der Hilfe braucht. Jetzt sofort. Weißer Schaum tritt aus seinem Mund hervor. Er ist bestimmt nicht mal dreißig, sieht aber viel älter aus. Mit kreidebleichem Gesicht sagt er:

„Ich…Dop…Entzug…zu lang…bitte!" Er kippt vorn über. Dann geht alles ganz schnell: Eine Frau eilt aus dem Hintergrund des Raumes herbei und ruft mir zu:

„Schnell, helfen Sie mir!"

Ich springe auf. Gemeinsam greifen wir dem Kollabierten unter die Arme und ziehen ihn näher zum Tresen. Dort erscheint eine weitere Frau, die beim Anblick des Kollabierten erschrickt. Ihre Kollegin ruft ihr zu:

„Notfall! Sofort Ablauf nach Plan Doppel-E! Höchste Dosierung!!"

Die junge Frau hinter dem Tresen erbleicht.

„Höchste Dosierung? Wenn sein Herz nicht gesund und stabil ist, war es das."

„Ich weiß! Höchste Dosierung! Jetzt! Sonst verlieren wir ihn!"

145

Zittrige Hände halten den Aufsatz für die Dosierung. Dann wird es laut, die kleine Dosiermaschine verarbeitet den Rohstoff, der die Grundlage dieser einzigartigen Medizin bildet. Die Nachwuchsmaschinistin ist sichtbar angespannt. Jetzt zeigt sich, was sie gelernt hat: Ist die Dosierung zu schwach, fehlt vielleicht die Zeit für eine zweite Abgabe. Ist sie zu stark und der Patient diese Dosierung nicht gewöhnt... Ich möchte nicht in ihrer Haut stecken.

Der Inhaber eilt herbei. Er hat einen langen dünnen Schlauch aus transparentem Kunststoff in der Hand. Und dicke Handschuhe. Wofür die wohl gut sind? Kurz prüft er den Puls des Ohnmächtigen. Er kennt ihn offenbar.

„Ach, er wieder. Seine Freundin will nicht, dass er her kommt. Sie ist so verbissen, dauernd im Second Hand-Modus, schlimmer Waschzwang, grüner Tee und so. Er war bestimmt drei Wochen nicht da... Das ist einfach zu lang. Damit kommt der Körper nicht klar."

Er blickt in die Runde. Die Menschen hier haben ihn verstanden: Höre auf deinen Körper. Sonst könntest du auch bald hier liegen. Dann betrachtet er den Adapter in der Armbeuge des Opfers.

„Er wusste, dass es soweit kommen würde und hat sich vorbereitet."

Er nickt anerkennend und schließt den Schlauch an den Adapter an. Das sieht gekonnt aus. Der Mann ist vom Fach. Das andere Ende des Schlauchs wird von der medizinischen Nachwuchskraft an die Maschine angeschlossen. Dann zieht er die dicken Handschuhe an. Er kniet vor dem ohnmächtigen Mann, seine Hände halten den Schlauch. Ich sehe eine Markierung auf dem Schlauch. Nur für Notfälle! Max. Temperatur 120 Grad Celsius. Verbrennungen unmittelbar nach der Notfallbehandlung behandeln. Eine Frau hinter mir weint und betet. Jetzt gilt es.

146

„Bereit! Leg los!"

Die junge, offenbar mit Notfällen noch unerfahrene Frau, wendet sich der Maschine zu, dem Mittelpunkt dieser Einrichtung. Es ist eine große Maschine: vier Stationen, eigener Wasseranschluss. Natürlich wird das Wasser zuvor gefiltert, kalkhaltiges Wasser könnte in solchen Situationen unabsehbare Folgen haben. Die Frau drückt eine Taste an der Maschine. Ein Dröhnen erfüllt den Raum. Ich sehe eine Anzeige an der Maschine auf Rot springen. Ist das aufregend...

Durch den Schlauch schießt die heiße, dunkle Flüssigkeit. Der Schlauch windet sich. Schnell ziehe ich meinen Pulli aus und nutze ihn als Hitzeschutz. Damit halte ich den Schlauch fest so gut ich kann. Durch den dicken Stoff hindurch fühle ich die Hitze. Der Schlauch dampft. Hier sind große Kräfte am Werk.

Nach nur wenigen Sekunden ist der Spuk vorbei. Die Medizin ist durch den Adapter direkt in den Körper gelangt. Der junge Mann kommt stöhnend zu sich und richtet sich langsam auf. Er ist noch nicht ganz da. Dann sieht er den dampfenden Schlauch und weiß, dass er es geschafft hat.

„Das wirst du noch einige Stunden merken. Da ist Herzklopfen garantiert. Das ist eine Mischung aus Kolumbien, sehr fein gemahlen." sagt der Inhaber. Der Patient lächelt unsicher.

„Kolumbien? Die Mischung kenne ich noch gar nicht. Ist das neu?"

„Ja. Wir haben letzte Woche erst die erste Lieferung bekommen. Das ist harter Stoff. Kriegen nur ausgewiesene Stammkunden - oder Notfälle."

Er lächelt. Es ist geschafft. Es gibt lang anhaltenden Applaus für den Retter. Wir helfen dem Notfall auf die Beine und setzen ihn an einen Tisch. Der Inhaber instruiert seine Thekenkraft.

„Bring ihm noch einen Milchkaffee, aber nur mit einem halben Single Shot." Die bleiche Frau hinter dem Tresen lächelt und nimmt die Bestellung dankbar an. Mit harmlosen Sachen wie Milchkaffee kennt sie sich aus. Ich setze mich wieder an meinen Tisch. Mein Espresso ist natürlich jetzt schon einen Tacken zu kalt, obwohl die ganze Sache nur ein, zwei Minuten gedauert hat. Aber es war der erste Espresso des Tages. Ich werde noch einen Doppio ordern. Aber nicht die Notfallmischung. Diese Menge Koffein würde selbst mir die Schuhe ausziehen. Auch wenn der Doppio nicht intravenös verabreicht werden würde, sondern nur in einer feuerfesten Tasse.

Liebe am Morgen

Es klingelt. Jemand klingelt unten an der Haustür. Für die Müllabfuhr, die regelmäßig morgens Zugang zu den Mülltonnen im Innenhof begehrt, ist es zu früh. Und für ungeplanten Besuch ist es entschieden zu früh. Vor zwei Minuten habe ich den Rasierer aus der Hand genommen und gerade erst das morgendliche Stoßlüften der Wohnung beendet. Die frisch gelüftete Wohnung ist noch etwas unterkühlt und ich fröstele leicht. Ich gehe in den Flur und nehme den Hörer der Gegensprechanlage ab. Damit eröffne ich unvermutet das erste intensive Gespräch des noch jungen Tages.

„Hallo?"

Die Stimme einer gutgelaunten Frau zwitschert mir aus dem Hörer entgegen:

„Guten Morgen, meine Name ist Knapp. Schön, dass ich Sie antreffe. Ich möchte mit Ihnen darüber sprechen und Ihnen anhand der Bibel belegen, dass Gott Sie liebt."

Ich bin noch nicht ausreichend wach für philosophische Gespräche dieser Art am Morgen. Frau Knapp aber schon. Seit ich morgens Tee trinke und erst am Nachmittag auf Espresso umsteige, hat sich mein Tagesrhythmus gravierend verändert. Ich muss mich erst mal sammeln.

„Grundsätzlich bin ich Liebe am Morgen gegenüber sehr aufgeschlossen. Und ich freue mich, dass ein Gott mich liebt. Allerdings ist mir die Liebe meiner Freundin und meiner Familie wichtiger."

Frau Knapp nimmt den Ball direkt auf.

„Freuen Sie sich, dass Sie so viel Liebe empfangen! Die Liebe ihrer Liebsten ist natürlich sehr wichtig und ganz wunderbar. Diese Liebe ist auch in Gottes Liebe enthalten, die sie jeden Tag über Gottes Kinder empfangen."

Sie strahlt jetzt bestimmt über das ganze Gesicht über diesen gelungenen Satz. Meine Antwort strahlt etwas weniger.

„Das ist schön. Aber ich möchte lieber Liebe von Menschen, äh, empfangen. Menschen, die ich auch liebe."

Frau Knapp versteht das natürlich.

„Ja, ich verstehe Sie gut. Es ist die Liebe des Allmächtigen, des einen Gottes die Sie fühlen. Er liebt Sie immer und diese große allumfassende Liebe kommt auch in der Liebe ihrer Mitmenschen zum Ausdruck. "

Ich stelle mir eine Frau mittleren Alters vor, die vor Freude über ihre Tätigkeit strahlt und vor meiner Haustür stehend mit liebreizendem Gesäusel den sofortigen Einlass in meine Wohnung erlangen will.

„Ehrlich gesagt, die Liebe eines Gottes ist für mich, wenn überhaupt, eher sekundär. Wenn ich genauer darüber nachdenke ist diese Art der Liebe abstrakt-peripher. Oder so ähnlich. Verstehen Sie?"

Verdammt, das war zu schwach formuliert. Mein Widerstand ist insgesamt zu schwach und nicht fokussiert. Ich muss mich wappnen gegen die kommenden Sirenengesänge aus der Gegensprechanlage. Sonst erliege ich der Versuchung oder steuere mein Schiff auf Grund. Oder Schlimmeres. Frau Knapp säuselt weiter.

„Ich verstehe Sie sehr gut. Aber nein, diese Liebe Gottes, dieses schöne Gefühl, welches so warm von innen heraus leuchtet, ist doch so konkret und fühlbar. Das ist Gott. Sie wollen doch mehr wissen, ich spüre es."

Der Flur ist nach wie vor unbeheizt und ich spüre konkret Kälte. Und eine leichte, aber gut spürbare Beklemmung über so viel liebevolle Zuneigung über die Gegensprechanlage am Morgen. Das ist mir um diese Uhrzeit nicht ganz geheuer. Generell sollte liebevolle Zuneigung über Gegensprechanlagen sparsam zum Ausdruck gebracht werden.

„Ich weiß nicht, ich spüre das gerade nicht so wie Sie." Ich habe eine Gänsehaut. Es ist verdammt kühl hier im Flur. Draußen ist es ein paar Grad kälter, aber Frau Knapp wird ja von innen kraftvoll beheizt.

„Das macht doch nichts. Ich verstehe, es ist noch früh und all diese schönen Gedanken erscheinen Ihnen etwas, wie soll ich es angemessen sagen, verfrüht." Ich nicke bibbernd. Wieder hat sie den Punkt getroffen.

„Verfrüht ist tatsächlich der richtige und vollkommen angemessene Ausdruck." Das führt zu nichts. Es ist kalt im Flur. Ich muss ins Warme und spüre auch gerade keine Liebe. Frau Knapp erahnt dankenswerterweise meine Gedanken und gibt die richtige Vorlage.

„Darf ich Ihnen im persönlichen Gespräch die Bibel und dieses Gefühl der Liebe etwas näher bringen? Es dauert nicht lange und ist natürlich völlig kostenlos. Sie sind doch bestimmt interessiert…"

Jetzt. Jetzt kannst du die Sache beenden, denke ich mir.

„Nein Danke."

Sofort weiß ich: Das kam zu zittrig rüber. Das reicht nicht um eine tatendurstige Frau Knapp abzuwimmeln. Mir schlottern die Knie und ich will jetzt dringend ins Warme.

„An Ihrer Stimme höre ich doch das immense Interesse. Und Ihre Unsicherheit. Dafür gibt es keinen Grund. Trauen Sie sich „Ja" zu sagen."

Die Worte tropfen fast aus dem Hörer. Aber ich werde nicht schwanken. Dafür zittere ich zu stark.

„Es tut mir leid. Ich bin jetzt und hier maximal von jeder Liebe und Wärme entfernt. Ich wünsche Ihnen einen schönen Tag und viel Erfolg."

Frau Knapp reagiert souverän.

„Gut, wie Sie möchten. Vielen Dank für Ihre Zeit. Ich wünsche ihnen einen schönen Tag."

„Tschüss."

Ich begebe mich fluchtartig in die nahe und angenehm warme Küche. Mit zitternden Händen wird der Wasserkocher für einen heißen Tee bestückt. Erst die Wärme, dann die Liebe. Allerdings glaube ich, dass das eine das andere bedingt.

Rasierschlumpf aus Zuckerwatte

Die Tür geht auf. Ich habe vergessen abzuschließen. Weil ich ja nur duschen wollte. Und rasieren. Jetzt stehe ich völlig überrascht und nur leicht mit Rasierschaum im Gesicht bekleidet, vor dem Spiegel. Lea ist auch überrascht.

„Oh, entschuldige bitte. Ich habe nicht angeklopft."

Sie starrt mich an.

„Was machst du denn da?" Hm?

„Wonach sieht es aus? Ich rasiere mich."

„Ah, okay. Ich bin nur irritiert, weil das farblich nach einem Unfall mit schlumpfpinkem Schaum aussieht."

Sie kichert. Dann lacht sie prustend los. Ich bin etwas pikiert und will mich rechtfertigen. Sofort.

„Schlümpfe sind hellblau, nicht pink. Du verwechselst wohl Schlümpfe mit Einhörnern."

Sie verschränkt die Arme und spielt die strenge, bei einer Unmöglichkeit ertappte Dame.

„Entschuldigen Sie bitte, werter Herr. Natürlich, wie konnte ich nur Schlümpfe mit Einhörnern verwechseln."

Ich blicke in den Spiegel und sehe sie an. Sie neigt den Kopf etwas und sieht mich forschend an.

„Sag mal, das ist doch mein Rasierschaum. Der für die Beine. Der Duft…", sie schnuppert an meinem Gesicht,

„…das ist eindeutig mein Rasierschaum. Du benutzt meinen teuren, nach Zuckerwatte duftenden Rasierschaum für MEINE zarten Beine für DEIN vor harten Bartstoppeln nur so strotzendes Gesicht. "

Jetzt erst fällt mir auf, dass es hier deutlich nach Zuckerwatte riecht. *Ich* rieche nach Zuckerwatte. Es fühlt sich auch so an. Natürlich hatte ich noch nie Zuckerwatte im Gesicht kleben, aber die physische Anmutung des süßlich duftenden Rasierschaumes in meinem Gesicht kommt dieser Vorstellung sehr nahe. Sie legt eine Hand auf meinen Oberarm.

„Es ist völlig in Ordnung, dass du meinen Rasierschaum benutzt mein Schatz."

Sie gibt mir einen Kuss in den Nacken. Vermutlich, weil mein Gesicht voller Zuckerwatte ist und die ja bekanntlich sehr klebt. Ich verdrehe die Augen. Ich weiß, was jetzt kommt.

„Du darfst gerne meinen Rasierer für die Beine benutzen. Dieses wunderbare Pink passt sehr gut zum Duft des Rasierschaumes. Und zu deinem makellosen Körper."

Sie betont makellos etwas zu deutlich für meinen Geschmack und grinst mich frech an. Das geht so nicht. Ich fühle mich in meinen Bemühungen, mich zu rasieren und den Bart zu stutzen, nicht ernst genommen.

„Danke, aber ich nehme lieber den stumpfen Haustürschlüssel zum Rasieren. Ich mag es, wenn meine Gesichtshaut nach dem Rasieren leicht blutig ist. Das frische Blut macht die Haut einfach zarter."

„Aber nein. Ich bestehe darauf, dass du meinen Rasierer für zarte Damenbeine benutzt."

Sie haucht jetzt die Sätze in mein Ohr.

„Die letzten drei Kerle, die sich hier mit ihrem Haustürschlüssel rasieren wollten, sind leider dabei verblutet. Und dann musste ich die Sauerei wegmachen. Darauf habe ich jetzt keine Lust. Es ist Samstag und ich möchte nicht putzen. Das kannst du später erledigen."

Sie lacht, gibt mir einen sanften Kuss auf die Schulter und dreht sich um. Sie schließt die Tür, bis nur noch ein Spalt auf ist.

154

„Wenn du fertig bist, ist der Kaffee durch. Und das Frühstück fertig."

Ein letzter Kuss fliegt zu mir und die Tür schließt sich. Das heißt wohl, ich muss mich etwas beeilen. Der Rasierschaum ist schon ziemlich trocken geworden. Ich setze den pinken Beinhaarrasierer am Hals an und ziehe ihn langsam hoch bis zum Kinn. Das geht ganz gut, obwohl der Rasierer nur drei Klingen hat. Drei für Frauen, fünf und mehr für Männer. Ich werde mir heute einen Nachschlüssel von meinem Haustürschlüssel anfertigen lassen. Und den bei ihr liegen lassen. Natürlich nur zum Rasieren.

Pradaschlampendiskussion

An meiner Küchentür hängt eine postkartengroße Grafik. Darauf ist ein hochpreisiges Cabrio in einer Seitenansicht zu sehen. Darüber steht der Text, ich zitiere wörtlich, „oma`s kohle floss sofort in diese dreckschleuder, um damit pradaschlampen aufzureissen." Der Text in einer schönen altmodischen Schreibmaschinenschrift gehalten. Das Bild habe ich vor Jahren auf einer Kunstmesse für ein paar Euro erstanden. Ich mag es sehr, weil es graphisch sehr schön gemacht ist. Der Druck ist gut und das Ganze wurde zur besseren Haltbarkeit in Plastikfolie eingeschweißt. Das Bild ist also auch noch abwaschbar und könnte, als Zusatznutzen, auch als Untersetzer für Kaltgetränke genutzt werden. Also ist es mehr als Kunst.

Inhaltlich stimme ich mit der Aussage des Werkes vollkommen überein. Für jede Zielgruppe, beziehungsweise Beute, muss es auch den passenden Köder geben. Dieser Köder allerdings erscheint mir deutlich zu groß und zu teuer, zumal das Interesse an Pradaschlampen meinerseits immer schon gegen Null tendierte. Bei Prada muss ich an überlriechende Düfte, unförmige Handtaschen von zwielichtigen Straßenhändlern und Frauen mit Tendenz zu farblich und geschmacklich völlig degenerierten Dirndln denken. Pradaschlampenjäger werden mir hier natürlich entschieden widersprechen und das aus ihrer Sicht mit Recht.

Das ist aber gar nicht das Problem. Während ich diesen Text schreibe, unterlegt das Schreibprogramm das Wort Pradaschlampen mit einem roten, wellenförmigen Strich. Und das Wort Pradaschlampenjäger auch. Es kann natürlich sein, dass das Programm beide Wörter schlicht nicht kennt und deshalb rot unterlegt. Oder es kennt die Wörter doch und ich habe sie falsch geschrieben. Zugegebenermaßen schreibe ich Wörter wie Pradaschlampe sehr selten. Das Wort war mir vorher schon längere Zeit vom Hörensagen geläufig, benutzt habe ich es im Alltagsgebrauch wirklich nur sehr sehr selten, wenn überhaupt. Meine Gedanken hierzu sind eindeutig, klar und nicht vorhanden.

Geschrieben habe ich Pradaschlampen bisher nicht. Also habe ich es heute, zumindest bewusst, zum ersten Mal niedergeschrieben. Das wäre eine Premiere. Und es wäre eine verpatzte Premiere, wenn das Wort falsch geschrieben wäre. Also muss ich der Sache nachgehen. In meinem Wörterbuch findet sich das Wort nicht. Auch online bei Duden.de taucht es nicht auf, stattdessen wird mir dort Stabtaschenlampe angeboten. Einen Zusammenhang zwischen Stabtaschenlampen und Pradaschlampen lässt sich nur über Umwege herstellen, deshalb lasse ich das lieber gleich sein.

Mir schwant ein übler Verdacht. Aus meinem direkten Umfeld, privat und beruflich wohlgemerkt, wird mir regelmäßig vorgeworfen, ich würde Worte und Wortzusammensetzungen, also Wortungetüme in Form von Eigenkreationen oder Fremddiebstählen, durch vorsätzlich eingefügte Bindestriche entstellen. Anstatt die Wörter zusammen zu schreiben, so, wie es sich nun mal gehören würde. Das sehe ich ganz anders. Natürlich sind mir die Grundregeln der deutschen Rechtschreibung in mehr als nur groben Zügen vertraut. Das bringt eine berufsbedingte Fokussierung auf das Schreiben von Texten jedweden Hintergrundes und Inhaltes mit sich. Es ist demnach eine notwendige Voraussetzung dafür. Auch setze ich gewisse Stilmittel zur Prägung oder Auflockerung meiner Texte gezielt ein. Aber ein zwanghaftes einfügen von Bindestrichen gehört nicht dazu. Prada-Schlampen sieht doch seltsam aus. Oha, die Schreibweise Prada-Schlampen wird von meinem Textverarbeitungsprogramm nicht rot unterlegt. Das Textverarbeitungsprogramm stammt von 2010, also sind neuere Entwicklungen in der Rechtschreibung nicht notwendigerweise durch Updates eingefügt.

Habe ich mich von der Schreibweise Pradaschlampen (ohne Bindestrich) auf dem Bild täuschen lassen? Nein, das Bild ist eine Grafik, somit Kunst und einem Künstler sind natürlich jedwede Änderungen an vorhandenen Konstrukten zur Erreichung seiner künstlerischen Aussage erlaubt. Deshalb werde ich meine Nachforschungen zum Thema Pradaschlampen mit diesem Satz beenden. Obwohl mir natürlich klar ist, dass dieser Text zu Diskussionen führen wird. Da halte ich mich aber raus. Ich habe etwas Input gegeben, fortführen können das gerne andere an der Thematik Interessierte.

Über Nuttenschaufeln und andere
ästhetisch sehr bedenkliche Details

Wenn ich mich mit interessierten Leserinnen über meine Texte unterhalte, kommt regelmäßig die Anmerkung, ich würde mit einem Thema beginnen und nach ein, zwei Absätzen zu einem völlig anderen Thema wechseln. Abrupt und ohne Vorwarnung. Das wäre fast schon ein Markenzeichen von mir, weil dieser Themenwechsel sehr oft vorkommen würde. Und tatsächlich, wenn ich mir stichprobenartig ein paar ältere Texte ansehe, sind mehr als einmal ein oder sogar mehrere Themenwechsel zu verzeichnen.

Heute musste ich mich etwas zum Schreiben zwingen. Zum einen liegt ein neues Buch über Deep Purple auf meinem Wohnzimmertisch, welches liebend gerne gelesen werden möchte, und zum anderen bin ich noch etwas platt. Eine Erkältung plus paralleler Allergie gegen die Vorboten des Frühlings fordert ihren Tribut. Damit kommen wir zum eigentlichen Kernthema dieses Textes. Nämlich der Aufarbeitung von visuellen und ästhetischen Traumata. Und das kam so:

Vergangene Woche stand ich an einem frostigen Dienstag wartend an einer U-Bahnhaltestelle im Kölner Süden. Außer mir standen noch sechs junge Frauen an der Haltestelle und unterhielten sich lauter als notwendig und Kaugummi kauend miteinander. Soziologen würden diese Gruppe junger Frauen wahrscheinlich als Peer Group bezeichnen. Sie waren ihrer Generation entsprechend uniformiert, allerdings weniger in einer klassischen Uniform wie bei der Polizei oder

der Feuerwehr, sondern vielmehr in der aktuellen angesagten Kleidung für junge Frauen in den kritischen und für Erziehungsberechtigte oft sehr anstrengenden Pubertätsjahren. Natürlich begebe ich mich bei Dingen wie Kleidung auf extrem dünnes Eis. Von den aktuellen Trends in der Konsummodegesellschaft habe ich keine Ahnung. Also werde ich eine rein subjektive Beschreibung aus der Sicht eines unwissenden Außenstehenden versuchen.

Also: Diese Gruppe jugendlicher Frauen zeichnet sich durch ein einheitliches Erscheinungsbild aus. Ich beginne knapp oberhalb des Bahnsteiges. Alle Mitglieder der ebenfalls auf die nächste U-Bahn Wartenden tragen weiße Schuhe, sogenannte Sneaker. Drei Paare scheinen brandneu zu sein, die anderen drei Paare zeigen Abnutzungsspuren. Vier von sechs Sneakerpaaren sind mit metallisch schimmernden Applikationen an der Ferse oder der Fußspitze versehen. Eine der Jugendlichen hat diese Applikationen sogar an der Fußspitze und der Ferse ihrer Schuhe, allerdings hat sich die Applikation an der rechten Ferse bereits gelöst, wodurch diese verbogene Metallplatte absteht und bei der nächsten leichten Berührung abfallen dürfte. Niemand trägt Socken, vielleicht aber Füßlinge, aber das kann ich nicht erkennen. Nachfragen, ob Füßlinge getragen werden, möchte ich nicht, sonst werde ich womöglich noch als Gebrauchtfüßlingssockenschnüffler abgestempelt.

Alles sechs tragen Blue Jeans in Form der in dieser Altersklasse sehr beliebten Over-Waist Jeans, also Jeans, die bis oberhalb der Hüfte und oft sogar über den Bauchnabel reichen. Die Jeans der Peer Group sind kollektiv hochgekrempelt und geben den Blick auf gut gebräunte und, in zwei von sechs Fällen, auch tätowierte Knöchel frei. Die Tattoos selber überfordern meine Fähigkeiten zum

160

Beschreiben komplexer Muster. Zur ungefähren Orientierung könnte man das Muster, welches ein Winterreifen auf einer verschlammten Landstraße hinterlässt, heranziehen.

Die Over-Waist Jeans sind in fünf von sechs Fällen deutlich zu eng geraten, die darunter liegenden String Tangas werden hierdurch sehr betont, was nicht unbedingt als visueller Reiz angesehen werden kann. Auffällig ist auch die sichtbare Möglichkeit zur Nachvollziehbarkeit des Atemvorganges innerhalb der Gruppenmitglieder. Beim Einatmen bewegt sich der gesamte Unterkörper unterhalb des Bauchnabels nach Außen wodurch der Jeansstoff erheblichen Belastungen ausgesetzt wird. Die Garantieleistung des Herstellers für die Haltbarkeit des Jeansstoffes dürfte nur in Ausnahmefällen erreicht werden. In zwei von sechs Fällen wird die Jeanshose am Hinterteil sehr unvorteilhaft in die Arschritze gesaugt, was beim Betrachter ein deutliches Gefühl des Ekels auslöst und den Wunsch aufkommen lässt, sich angenehmeren Dingen zuzuwenden. Aber Recherche muss sein.

Alle tragen sehr kurz geschnittene Lederjacken, die trotz der niedrigen Temperaturen offen getragen werden. Jede Lederjacke dürfte mit einer hohen zweistelligen Anzahl von Reißverschlüssen versehen sein, was sie hinsichtlich der Funktionalität jede Handwerkerjacke in den Schatten stellen lässt. Optisch und ästhetisch liegt die Handwerkerjacke allerdings uneinholbar vorne, selbst am Ende einer langen Arbeitswoche und vor der 60 Grad Wäsche. Anmerken möchte ich, dass ich Reißverschlüsse generell sehr kritisch betrachte. Bei Winterjacken verhaken sie sich gerne und bei Fahrbahnverengungen funktionieren sie gar nicht.

Die jungen Damen haben alle lange schwarze Haare, die mit aufwendigen Konstruktionen zu Frisuren weiterentwickelt werden sollen, was aber nicht in jedem Fall gelingt. Ausnahmslos werden alle verfügbaren Kosmetika zur Grundierung und zur vielfältigen farblichen Gestaltung der Gesichtshaut sehr großzügig und in mehreren Schichten genutzt. Ein knalliges Rot ist die beliebteste Lippenstiftfarbe, dagegen wird ein dunkles Braun zur Überbetonung der Augenbrauen eingesetzt. Durch die intensive farbliche Behandlung mutieren diese zu massiven Balken, welche jedes holzverarbeitende Unternehmen vor große Herausforderungen stellen würde.

Die Wimpern sind durch überlange aufgeklebte Spinnenbeinimitate aus der örtlichen Drogerie oder dem Karnevalsanbieter der Wahl ersetzt worden. Diese künstlichen Wimpern haben eine wichtige Schutzfunktion für die Trägerin derselben. Jeder Wimpernschlag bewirkt einen heftigen Luftzug, der sowohl Maikäfer, fliegende Insekten, als auch ausgewachsene Greifvögel auf Beutezug sehr wirkungsvoll vertreibt. In der Natur wäre jedes Beutetier dankbar für solche Wimpern. Im menschlichen Umfeld wirken sie eher überfrachtend und deplatziert. Selbst bei akutem Balzverhalten wäre dies deutlich zu viel des Guten.

An den Fingern der zwölf Hände wurden sogenannte Nuttenschaufeln angebracht. Nuttenschaufeln sind künstliche Fingernägel, deren Länge mindestens die Hälfte der Länge des Unterarmes ausmacht. Farblich sind die Nuttenschaufeln sehr gerne in augenkrebserregenden Farben wie einem zarten Hohlblau, einem kräftigen Einhornpink, oder einer wirren Mischung diverser halluzinogener Farben gestaltet. Trotz der künstlichen Fingerbehinderungen können alle sechs in atemberaubend hoher Geschwindigkeit ihre in silberne, weiße oder pinke Schutzhüllen eingepackten Mehrzwecktelefone bedienen, was auch permanent parallel zu den Unterhaltungen über die dumme Antep und die hohlen Fragen beim Physiktest heute Morgen passiert.

Unterhalb der Jacken werden schwarze oder pinke Shirts oder Pullis, da muss ich raten, mit großflächigen Aufdrucken getragen. Die Aufdrucke zeigen Frauen mit großzügiger Sonnenbrille am Strand, den Schriftzug Cool Woman in übergroßen goldenen Lettern, oder eine Vielzahl von Nieten, die in einem nicht entzifferbaren Muster angebracht sind.

Eingeklemmt zwischen dem rechten oder linken Arm sind großvolumige schwarze Umhängetaschen, die ebenfalls sinnlos, aber großzügig verreißverschlusst sind und mit goldenen, aber bereits etwas abgenutzten Schriftzügen der Hersteller, aufwarten können. Die Namen kann ich nicht genau erkennen. Ich meine aber, irgendwas mit Michael Whores und Urban Outshitters gelesen zu haben. Sicher bin ich aber nicht, dazu fehlt mir das Hintergrundwissen.

Ach ja, so seltsam es auch klingen mag, ich habe sogar etwas mit diesen Jugendlichen gemeinsam. Ich friere, sogar sehr intensiv. Und das, obwohl ich einen dicken grauen Wintermantel, lange dicke dunkle Kniestrümpfe, Jeans, einen dunkelblauen unifarbenen Pulli und eine Mütze trage, deren Farben ich nicht kenne, weil ich sie immer in einer Tasche des Wintermantels trage und bei niedrigen Temperaturen automatisch der Tasche entnehme und die Mütze auf dem Kopf platziere, ohne mich um deren Ausstattungsmerkmale zu kümmern. Dieses Frieren war ein deutlicher Hinweis auf die sich anbahnende Erkältung. Aber ich habe die Zeichen zu spät erkannt und durfte eine Woche lang Ingwertee statt Kaffee trinken. Und ich habe einen Text über etwas geschrieben, von dem ich keine Ahnung habe. Und der mein Markenzeichen enthält.

Die psychologische Seite der Zahnreinigung

„Die Zahnreinigung kostet 80 €!"

Das Ausrufezeichen hinter dem Betrag 80€! signalisiert die mit Nachdruck und deutlich hörbarem osteuropäischem Akzent vorgetragene und nicht verhandelbare Aussage über den Kostenaspekt der nun unmittelbar anstehenden Zahnreinigung. Die professionelle Zahnreinigungsfachkraft hat den Satz mit bereits angelegtem Mundschutz, Kopfschutz, Handschuhen und einem vermutlich zum groben Entfernen von hartnäckigem Schmutz auf Zähnen, Fliesen und metallischen Oberflächen geeignetem Gerät in der Hand ausgesprochen. Da bleibt natürlich keine Zeit für die weitere Erörterung des Kostenaspektes der Behandlung. Oder der Beantwortung von eventuellen Rückfragen. Zumal ich mich bereits in einer liegenden Position auf dem Behandlungsstuhl befinde. Aber es ist gut zu wissen, was ich für die fachgerechte Zahnreinigung meiner Zähne blechen muss.

„Sie pflegen Ihre Zähne nicht mit Zahnseide!" ist der zweite Satz, mit ähnlicher Bestimmtheit wie der Satz zuvor, der mir um die Ohren bzw. Zähne gehauen wird. Meinen mangelnden Zahnseidepflegeaufwand in der jüngeren Vergangenheit kriege ich in der kommenden halben Stunde noch mehrmals zu hören. Lernpädagogisch soll die Wiederholung einer Aussage ja das Lernen derselben erleichtern. Und es fördert darüber hinaus die Demut und das schlechte Gewissen des Patienten. Da fällt mir ein, dass ich diesen Satz bei wirklich jeder Zahnreinigung zu hören kriege. Und immer sind es ausgewiesene Zahnreinigungsfachkräfte weiblichen Geschlechts, die mich zurechtweisen. Professionelle Zahnreinigungsfachkräfte haben alle unglaublich weiße Zähne, sind deutlich stärker geschminkt als eine durchschnittliche Frau ohne professionellen Zahnreinigungshintergrund und werden offenbar von ihren Vorgesetzten, neben ihren fachlichen Fähigkeiten, sehr stark nach äußerlichen Merkmalen ausgesucht. Das ist nicht diskriminierend, das ist visuell und durch Fakten gut belegbar. Ich habe mehrere Jahre im Dentalbereich gearbeitet und dabei einen guten Überblick über die Personalauswahlverfahren beim Zahnklempner bekommen. Vor einigen Jahren war ich bei der Einweihungsfeier eines befreundeten Zahnarztes zu Gast. Seine vier Assistentinnen waren auf den ersten Blick nur durch die Farbe ihres Lippenstiftes zu unterscheiden. Auf meine Frage, ob er diese ausschließlich nach ihrer Haarfarbe, also blond, ausgesucht habe, entgegnete er „Nein, drei hat meine Frau ausgesucht. Eine hab ich noch von meinem Vater übernommen." Seine Frau hat übrigens osteuropäische Wurzeln und ist auch blond. Und ist fast jeden Tag in seiner Praxis, „um meinen Mann zu unterstützen", wie sie sagt.

„Drehen Sie den Kopf mehr nach rechts!"
Bevor ich den Kopf aus eigenem Antrieb nach rechts drehen kann, fasst mir die Zahnreinigungsbeauftragte ans Kinn und dreht meinen Kopf in die von ihr bevorzugte Position. Ich lasse es widerstandslos geschehen. Sie weiß ja am besten, wie mein Kopf zu liegen hat. Schließlich braucht sie für die ordnungsgemäße Zahnreinigung freien Zugang zum Mund und den darin befindlichen Zähnen. Das ist bestimmt in den offiziellen Richtlinien zum liebevollen Umgang mit Patienten, die jetzt sofort eine Zahnreinigung verpasst kriegen sollen, festgeschrieben. Wenig später wird mein Kopf ohne

Vorwarnung nach links gedreht. Eine halbe Sekunde später höre ich „Drehen Sie den Kopf mehr nach links!"

Ich verharre bewegungslos, da mein Kopf bereits nach links ausgerichtet wurde. Ich glaube, jetzt werden meine Zähne per Sandstrahler gereinigt. Jedenfalls wird irgendwas mit großem Druck auf meine wehrlosen Zähne gepustet. Dabei merke ich schmerzhaft die Sensibilität des Übergangsbereichs zwischen Zahn und Zahnfleisch. Mein Mundinnenraum glänzt bestimmt bald in feurigem blutrot. Nanu? Etwas Kaltes fließt ungehemmt in meinen offenen Hemdkragen. Die kalte Flüssigkeit entwickelt sich zu einem Rinnsal, aber bevor ich mich überwinden kann, darauf sanft hinzuweisen, kommt der nächste Befehl.

„Spülen Sie den Mund aus. Da ist der Becher!"

Gute Idee, O Herrin der gesunden, hoffentlich bald wieder sauberen Zähne. Ich schmecke irgendwelche Rückstände des Reinigungsvorgangs im Mund. Ich tue wie mir befohlen wurde und spüle den Mund mit dem Wasser aus dem Becher aus. Beim Ausspucken geht etwas von der blutigen Mundinnenraumflüssigkeit daneben. Sofort fühle ich mich schuldig und erwarte nun eigentlich einen Schlag auf den Hinterkopf, eine Wurzelbehandlung ohne Narkose oder was ähnliches, stattdessen sagt sie völlig überraschend für mich „nicht schlimm!" und putzt die Sauerei mit einem bereitliegenden Papier schnell weg. Ich nehme noch einen Schluck aus dem Becher um die Reste auszuspülen und beuge mich vor um auszuspucken. Sofort ist ihr erhobener Zeigefinger auf Höhe meines Mundes und ich kriege neue Anweisungen.

„Spucken Sie mich nicht an!" Ihre funkelnden Augen zeigen mir deutlich, dass sie keine weitere unplanmäßige Unterbrechung der Zahnreinigung wünscht. Ich nicke vorsichtig mit dem Mund voller Wasser und

Zahnreinigungsrückständen, beuge meinen Kopf dicht über das kleine Becken neben mir und spucke so geräuschlos aus wie ich kann. Dann beginne ich langsam wieder zu atmen. Das T-Shirt unter meinem Hemd fühlt sich feucht und kühl an.

Mit jeder Sekunde, in der meine Zähne sauberer werden, fühle ich mich matter. So anstrengend waren die vorherigen Zahnreinigungen nicht. Aber auch da gab es aus meiner, der Patientensicht, etwas zu mäkeln. Einmal bin ich fast ohnmächtig geworden, weil der Mundgeruch der ansonsten recht netten Zahnreinigerin selbst durch den Mundschutz hindurch so heftig zu riechen war. Ein anderes Mal roch die Fachkraft insgesamt so übel nach Zigarettenrauch, dass ich annahm, dass sie hauptberuflich Zigaretten schmuggelt und nebenberuflich einige der Nebenwirkungen ihres Schmuggelgutes beseitigt, um sich ein etwas reineres Gewissen und ein Alibi zu beschaffen.

Dann ist es endlich geschafft. Nachdem ich der Zahnreinigungsfachkraft erfolgreich vorführen konnte, dass ich meine Zahnzwischenräume selber mithilfe eines Zahnzwischenraumreinigungsdings reinigen kann, durfte ich mich erheben und den Mund ein letztes Mal ausspülen. Natürlich ganz vorsichtig, damit nichts danebengeht. Der Mundinnenraum schmerzt und fühlt sich wund an. Das muss jetzt wohl so sein.

„Zahlen Sie bar oder mit Karte?" Bevor ich antworten kann folgt „Oder wollen Sie eine Rechnung zugeschickt bekommen!?" Es ist schon eine Kunst, eine Frage so zu formulieren, dass sie direkt wie ein Vorwurf klingt. Dem werde ich etwas Wertschätzung entgegenhalten. „Rechnung bitte. Eine Rechnung ist eine schöne Erinnerung an Ihre sensibel-sensitive Behandlung, die meine schwerstverschmutzten Zähne wieder gesellschaftsfähig gemacht hat." Sie schaut mich einen langen Moment mit unbewegter Miene an und sagt dann: „Folgen Sie mir zum Empfang!" Jetzt hätte ich doch fast die Hacken zusammengeschlagen. Ich folge der jungen Frau gehorsam zum Empfang. Dort sitzen drei weitere weibliche Angestellte und unterhalten sich gutgelaunt. Als ich an den Tresen trete, verstummen ihre Gespräche und sie glotzen mich kollektiv an. Dann höre ich verschämtes Kichern. Der Grund ist offensichtlich. Mein weißes Hemd sieht im oberen Teil aus, als hätte ich ein paar Liter Speichel darin unkontrolliert reingesabbert. Na toll.

Per Direktive, „Hier unterschreiben!", werde ich angewiesen zwei Formulare zu unterschreiben. Das zweite wäre für den Datenschutz. Zum ersten Formular erfahre ich nichts. Damit akzeptiere ich wohl eine Vorzugsbehandlung durch ein russisches Inkassounternehmen im Falle eines Zahlungsverzuges. Die Formulare verschwinden in einem Ordner und die Damen wenden sich wieder anderen Dingen zu. Das war es wohl.

Ich gehe zum Schrank mit den geparkten Klamotten der Kundschaft und nehme mein Jackett vom Haken. Es fühlt sich ungewohnt schwer an. Ich fühle mich gerade richtig müde. Dabei war ich nur etwa 30 Minuten in Behandlung. Aber so kann ich nicht hier raus. Ich möchte noch etwas beitragen zu diesem liebevollen menschlichen Miteinander und einen würdigen Schlusspunkt setzen. Also drehe ich mich wieder zum Empfangstresen um und sehe die angeregt quatschenden Damen wortlos aber lächelnd an. Als sie bemerken, dass sie beobachtet, aber nicht angesprochen werden, habe ich einen Moment ihre ungeteilte Aufmerksamkeit.

„Gudn Aaaaaabend!" quäke ich mainzelmännisch fröhlich. Die vier Zahnfeen zucken kollektiv zusammen. Treffer!

168

Grinsend und zufrieden ziehe ich mein Jackett an und verlasse mit einem Geschmack von Blut im Mund und dem porentiefen Gefühl von Sauberkeit die Praxis.

Die Quadratur schräger Gedanken

„Das geht nicht. Das können wir nicht bringen!" Jörg schüttelt den Kopf. Jörg ist der Chef eines erfolgreichen Verlages und gerade sehr unzufrieden.

„Was denn? Der Titel gefällt dir nicht, stimmt's?"

Jörg nickt.

„Ja, was sonst? Der Inhalt ist top. Klar, verständlich, auf den Punkt. Die Zielgruppe wird genau adressiert. Aber der Titel..." Wieder schüttelt er den Kopf.

„Was passt dir am Titel nicht?"

Jörg sucht nach Worten „Der Titel..."

Ich beende seinen Satz „...ist dir zu lang."

„Nein. Ja, doch. Das auch. Der Titel ist provokativ, aber zu lang und trifft es irgendwie nicht."

Er nimmt das Manuskript und liest laut vor:

„*Veganes Dating mit magengereizten Singles.* Untertitel: *Eine Anleitung für paarungswillige Singles im Spannungsfeld zwischen Verstand und Modekrankheiten.*"

Er sieht mich an und wirkt plötzlich sehr erschöpft. Ich muss ihn unterstützen. Schließlich habe ich das Ganze mit verbrochen. Sonst dauert das hier ewig.

„Okay, der Titel ist lang. Das gebe ich ja zu. Und der Untertitel ist eher mit einem Augenzwinkern zu sehen. Warum nimmst du dann nicht den ersten Titelvorschlag?" Wieder Kopfschütteln bei Jörg.

„Du meinst *Achtsames Dating mit veganen Reizdarmanfänger/-Innen*? Das ist nicht unbedingt besser."

„Was sagt Sabrina dazu?"

„Hör es dir selber an."

Er nimmt den Telefonhörer ab und bittet Sabrina in sein Büro.

„Warum hat Petra das Buch nicht selber zu Ende gebracht? Der Vorgänger war doch super erfolgreich."

Jörg winkt ab.

„Sie ist völlig durch den Wind. Ein Jahr lang der ganze Presserummel, die Talkshowauftritte, super Verkaufszahlen und dann kommt plötzlich die Scheidung. Sie hat damals ein grobes Konzept für den Nachfolger geschrieben, aber das erste Manuskript war grottenschlecht. Wir haben sie überredet weiterzumachen. Aber mittendrin hat sie alles hingeschmissen. Und dann sagt sie plötzlich, das Thema Ernährung und deren Einfluss auf die Partnerwahl interessiert sie nicht mehr. Sie will nur noch Kinderbücher schreiben. Kinderbücher! Diese Ignoranz!"

Das muss schlimm sein für Jörg. Kinderbücher verkaufen sich deutlich schlechter als Ratgeber für Singles. Ich muss etwas Mitgefühl zeigen.

„Das ist nicht schön."

Er flüstert mit bebender Stimme.

„Nicht schön? Wir kriegen locker über 100.000 Vorbestellungen, sobald wir das Ding ankündigen. Und noch einiges mehr, wenn Petra sich bewegen würde. 100.000!"

Er hat jetzt große Eurozeichen in den Augen. So ein Bestseller ist schon was Feines für die Kasse. Jörg schlägt mit der flachen Hand auf das Manuskript.

„Warum wirst du nicht offiziell Co-Autor? Dann kannst du Petra die ganzen Auftritte abnehmen und wir sind aus dem Schneider?"

Ich schüttele mich. Das habe ich befürchtet.

„Niemals, vergiss es. Wenn ich das mache, bin ich auf ewig auf diesen Lifestyle-Ernährungskram festgelegt. Das war ein

Job, sonst nichts. Petras Name steht auf dem Cover, nicht meiner."

Jörg lehnt sich zu mir rüber und flüstert verschwörerisch über den Schreibtisch hinweg. „Überleg es dir. Dann hast du die nächsten Jahre ein lockeres Leben."

Mir krampft sich der Magen zusammen. Wenn er so redet, ist Gefahr im Verzug.

„Nein, das wären verlorene Jahre. Die Vermarktung macht Petra schön selber."

Bevor Jörg wortreich seine Enttäuschung zeigen kann, klopft es an der Tür und im nächsten Moment tritt eine gutgelaunte Sabrina ein. Wie es sich für eine Verkaufsleiterin vom alten Schlag gehört, hat sie einen frisch angezündeten Zigarillo zwischen den lächelnden Lippen und ihre Lesebrille dekorativ im gut geföhnten Haar fixiert. Die Brille setzt sie nur auf, wenn es gar nicht anders geht. Oder wenn sie unbeobachtet zu sein glaubt.

„Hallo ihr zwei. Was gibt es?", flötet sie.

Jörg hält das Manuskript hoch. Sabrina stemmt die Fäuste in die Hüften.

„Das ist nicht euer Ernst. Immer noch keinen Titel? Das kann doch nicht so schwer sein."

„Setz dich. Wir klären das jetzt. Damit die Sache vom Tisch ist." redet sich Jörg und uns Zuversicht ein.

Sabrina setzt sich zu mir auf das Sofa, legt Stift und Notizblock auf den Tisch und fixiert Jörg. Jörg legt das Manuskript in die Mitte des Tisches, sieht uns an, holt tief Luft und beginnt gewohnt umständlich.

„Also, wir haben hier den Nachfolger für eines der erfolgreichsten Bücher der letzten Jahre. Thematisch geht es um die Suche des richtigen Partners oder der Partnerin…"

„Wobei die Zielgruppe weit überwiegend Frauen sind." wirft

Sabrina ein und versenkt etwas Asche im Aschenbecher. Jörg und ich nicken zustimmend.

„Richtig. Also die Autorin sagt, dass alleine das Ernährungsverhalten des zukünftigen Partners oder der Partnerin Aufschluss über die Erfolgschancen der Beziehung gibt. Der Inhalt steht, würde ich sagen." Sabrina und ich nicken zustimmend. Jörg fährt fort.

„Was haltet ihr von: *Liebe geht wirklich durch den Magen. Ein Organ entscheidet über die Liebe*."

Sabrina schüttelt den Kopf. „Nee, nee, das ist doch total altbacken. Der Text ist doch ein ganz moderner Ansatz um Liebe und Beziehungen zu erklären. Wie wäre...*Durch Achtsamkeit in der Küche zur Liebe fürs Leben*."

Jörg denkt nach. Was kommt jetzt?

„Das ist nicht schlecht. Aber da ist der wichtige Aspekt Reizdarm außen vor. Wenn ich das richtig gelesen und in Erinnerung habe, sind Menschen mit Reizdarm sensibler als der Durchschnitt der Bevölkerung. Und haben durch dieses Problem gewissermaßen einen Kompass für Liebesdinge im Körper. Wenn sie diese Fähigkeit trotz der Magen- und Darmprobleme überhaupt erkennen."

Das ist alles total verrückt, denke ich. Der körpereigene Kompass wird meistens nach Süden ausschlagen und dann nehmen die Dinge ihren Lauf. Ich verdränge den Gedanken besser. Wir müssen einen Titel finden und das Ding endlich auf den Markt werfen. Ich pflichte Jörg bei.

„Das leuchtet mir sofort ein. Wir sollten es *Der Weg zur Liebe geht durch den Reizdarm* nennen, nein, wartet, das ist eindeutig zweideutig, also unbrauchbar. Moment, ich hab noch was Besseres: *Erfolgreiches Dating mit sensiblen Reizdarmbesitzer/- innen*..."

Ich muss sofort lachen über diesen ganzen Quatsch. Jörg lacht auch, Sabrinas Gesicht zeigt Verachtung für unsere Ideen.

„Seid ihr noch ganz dicht? Das hört sich an wie ein Fachbuch, was ein liebeskranker Proktologe nach einer durchsoffenen Nacht geschrieben hat. Das ist schrecklich."

Aber Jörg ist ganz angefixt von diesem Ansatz.

„Oder wir heben den Verzicht auf Rohkost hervor, der ja massiv hilft, den richtigen Partner zu finden, also so was wie..."

„*Der Weg zur Liebe durch aktive Rohkostverachtung?*", werfe ich ein.

Jörg nimmt das tatsächlich ernst: „Nein, nein, Verachtung ist zu hart und führt in die falsche Richtung. Verzicht ist besser, Verzicht ist außerdem gerade in Mode. Verzicht auf Rohkost und..."

Ich: „Wir können ja die Themenbereiche Reizdarm und Rohkostverachtung kombinieren..."

Jörg nickt und denkt laut weiter.

„Gute Idee. Ich glaube, das kommt oft vor. Also in der Realität. Ich meine Null Rohkost, viel Reizdarm gibt es bestimmt oft."

Sabrina schnauft und verdreht die Augen.

„Jungs, kann es sein, dass ihr ein kleines bisschen vom eigentlichen Thema des Manuskriptes abkommt? Ich muss diesen Kram im Buchhandel v-e-r-k-a-u-f-e-n."

Jörg lässt sich nicht irritieren und folgt dem nächsten verqueren Gedankengang: „Wie könnte das genau aussehen? Sag Nein zu Rohkost, sag Ja zum Reizdarm und schon winkt die Liebe? So was in der Art?"

Vor meinem geistigen Auge sehe ich einen Mann in der Fußgängerzone einer Großstadt ein Plakat hochhalten. Auf dem Plakat steht: Ein ja zum Reizdarm heißt ja zur Liebe. Der

174

Mann ist Jörg. Die vorbeilaufenden Menschen lesen den Text des Plakates, fallen auf die Knie, rufen: Ich habe auch Reizdarm. Ich wusste, es ist für was gut. Liebt mich!

Sabrina hat aufgegeben und folgt jetzt auch den verqueren Gedanken ihrer Kollegen: „Wie wäre: *Achtsames Dating mit veganen Reizdarmanfängerinnen – dein Weg zur Liebe.* Sie zaubert einen neuen Zigarillo aus der Jeans und schon brennt die nächste Fluppe. Sie bläst ein paar Schwaden Rauch in die Luft, wiederholt halblaut ihre Titelidee und sagt schließlich. „Nein, vergesst es. "

Jörg schaut sie nachdenklich an und schüttelt den Kopf.

„Reizdarmanfängerinnen? Das ist zu lang."

Sabrina: „Ja. Und es ist schrecklich."

Das wird ja immer schlimmer. Warum habe ich überhaupt diesen Auftrag angenommen? Als Ghostwriter rutscht man schnell in üble Regionen ab, wenn man einmal zu viel Ja gesagt hat. Ich krame in meinen Gehirnwindungen. Es muss doch einen naheliegenden Ausweg aus diesen Windungen geben.

„Wir können es titelmäßig mehr so auf den Sachbuchmarkt abstimmen: *Der kulinarische Weg zur Liebe - Fakten für achtsame Rohkostverächterinnen.* Oder so was…"

Sabrina und Jörg sehen mich an. Man kann sehen, wie ihre grauen Zellen arbeiten. Sabrinas Gesichtsausdruck könnte alles bedeuten zwischen *Ich sehe immer streng aus, wenn ich nachdenke* und *Ich hasse euch alle.* Jörg fährt sich mit der Hand durch das schütter werdende Haar und schaut mit leerem Blick aus dem Fenster.

Sabrina nimmt einen neuen Anlauf auf die Zielgruppe liebeshungrige Singles: „Ich hab's: *Die neue Rohkost für magengeplagte Singles – der natürliche Weg zur Liebe.*"

Jörg: „Oder: *Wie Ernährung und Verdauung uns zu Singles machen – und wie wir das ändern können.*"

Ich: „Untertitel: *Dieses Buch ändert alles: Deine Ernährung, deine Verdauung und dann dein Liebesleben*. Wir sind ganz nah dran."

Jörg nickt: „Das ist alles nicht schlecht und stimmt sachlich sogar. Aber die Titelideen sind sehr lang und zu sperrig. Wenn ich das dem Grafiker gebe und sage, mach da ein schönes Buchcover draus, nimmt der sich den Strick."

Das ist ein wichtiger Hinweis, der mich auf eine Idee bringt.

„Wie findest du *Liebeswegweiser Reizdarm*. Das ist kurz und lässt sich auch grafisch gut darstellen."

Sie schauen mich streng an und suchen möglicherweise nach Anzeichen von Ironie oder Sarkasmus in meinem Gesicht. Das hält aber ernsthaft dicht. Sabrinas Gesichtsausdruck schwankt zwischen Anerkennung und Ekel. Aber nach ein paar Sekunden hakt sie sogar sehr ernsthaft ein: „Nicht schlecht. Das ist ja gewissermaßen die liebevolle Quadratur des Darms."

Im nächsten Moment wird ihr klar, dass sie diese Titelwahl dem Buchhandel vor Ort verklickern muss. Sie verzieht das Gesicht und zündet sich den nächsten Zigarillo an. Jörg sieht etwas ratlos aus dem Fenster. Es ist still im Raum geworden. Jörg schaut auf seine Notizen.

„Das ist es noch nicht. Das wird im Buchhandel zu viele Fragen und Diskussionen geben. Ich lasse eure Vorschläge sacken und lege den Titel bis Freitag fest."

Sabrina und ich nicken zustimmend. Besser er macht das, sonst werden wir noch mit reingerissen. Ich verabschiede mich und beschließe, mein Abendessen heute spontan und ohne Nachzudenken durch einen Blick in das Tiefkühlfach meines Kühlschranks auszuwählen. Ich möchte dem Thema Verdauung heute keine weitere gedankliche Nahrung geben.

Eine Woche später liegt ein Päckchen in der Post. Das muss das Buch sein. Sofort fängt mein Magen an zu grummeln, obwohl mein Liebesleben sehr gesund und ausgeglichen ist.

176

Neugierig öffne ich die Pappschachtel und nehme das Buch heraus. Schönes Layout, grün-grau mit blauem Titel. Der Grafiker hat gute Arbeit geleistet. Der Titel des Buches ist riesig und füllt das Buchcover fast komplett aus.

Entschlüsselt:
Wie der Weg zur Liebe
wirklich gefunden werden kann.

Das ist gar nicht mal so übel. Das Teil ist wirklich vorzeigbar. Hätte ich Jörg gar nicht zugetraut. Ich bin zufrieden. Moment, da ist noch ein Untertitel, ganz klein am unteren Rand des Covers aufgedruckt.

Den eigenen Kompass im Darm erkennen und ihm folgen lernen. Mit vielen neuen Fakten für achtsame Single-Reizdarmanfänger/-Innen.

Ich nehme alles zurück.

Das ist mathematische Forensik, nicht Surrealismus

Gestern war ich wieder unterwegs. Am Abend durfte ich wieder mal einen Vortrag gehalten. Inhalt des Vortrages waren meine Erfahrungen mit Einhörnern im Straßenverkehr. Nicht, dass ich solche Erfahrungen wirklich hätte, aber ich habe mal eine Geschichte darübergeschrieben. Das reicht heutzutage völlig aus, um kompetent zu erscheinen.

Der Ort meines Vortrages war das Institut für angewandte tri-direktionale forensische Mathematik in Köln, auch mathematische Forensik genannt. Oder so ähnlich. Der Text auf dem großen, sehr eng bedruckten Schild am Eingang des Instituts ging jedenfalls über sechs Zeilen in drei verschiedenen Schriftarten mit unzähligen Ziffern und endete mit den Worten „Anmeldung nur nach Einbruch der Dunkelheit möglich".

Bis zu dem Zeitpunkt, als die Einladung zum Vortrag bei mir eintraf, wusste ich gar nicht von der Existenz dieses Institutes. Die Einladung wurde übrigens durch einen Boten gebracht, dem ich den Empfang des Briefes durch Abgabe meiner Fingerabdrücke quittieren musste. Und er wollte, dass ich mein Geburtsdatum in Druckbuchstaben in ein Formular eintrage. Damit die Herren Professoren mich vorab besser kennenlernen können. Aber ich solle mir keine Gedanken machen, sowas sei dort alles ganz normal. Das Prozedere hat etwas gedauert. Eine Nachbarin, die mich wohl bei der Briefübergabe beobachtet hat, fragte mich später im Keller flüsternd, ob ich jetzt für die Regierung arbeite. Und

178

wenn ja, für welche. Ich habe geantwortet, ja, ich arbeite für die Regierung. Aber für welche wüsste ich noch nicht. Diese Information käme erst mit dem nächsten Brief, den eine Drohne in Form einer Brieftaube hier einfliegen würde. Sie hat genickt und hat sich dann in ihrer Wohnung eingeschlossen. Dabei ist die Karnevalszeit schon länger vorbei. Wobei das Köln nichts zu sagen hat.

Nun denn. Ich las den Brief, also die Einladung und war verblüfft. Ich habe mit forensischer Mathematik wenig zu tun und musste den Zusammenhang von Forensik und Mathematik erst durch etwas Recherche im Netz herstellen. Ich glaube, ich weiß jetzt auch warum ich diese Einladung eigentlich bekommen habe. Jemand vom Institut muss mich versehentlich mit einem ehemaligen Mitarbeiter des Instituts aus der Zweigstelle Nowosibirsk verwechselt haben. Der wohnt in der gleichen Straße und der derselben Hausnummer wie ich. Allerdings in Stockholm. Ich habe aber besser nicht nachgefragt. Schließlich halte ich ja gern Vorträge. Und da ich eh nichts vorhatte, der Vortrag sozusagen fertig in der Schublade lag und für Schnittchen und Getränke gesorgt sein sollte, bin ich hingegangen. Zur Vorbereitung habe ich mir noch den Tatort am letzten Sonntagabend angesehen. Für alle Fälle.

Sehr ungewöhnlich war die Anreise zum Institut. Laut Wegbeschreibung sollte ich am Standort Ebertplatz in die U-Bahn mit der Nummer 4 mal 4 oder 8 plus 8 einsteigen, bis zur Haltestelle X +7 fahren, dort aussteigen, die Bahnstation über die linke Treppe verlassen und dann mit einem Taxi, welches eine ungerader Rufnummer haben musste, bis zur Adresse des Instituts fahren. Ich tat wie mir empfohlen, fuhr ein paar Stationen mit der U-Bahn und ging über die linke Treppe den beschriebenen Weg bis zum Taxistand.

Alle Taxis hatten ungerade Nummern auf den Türen aufgedruckt. Und Werbung für einen Saunaclub, der mit dem Spruch „Bei uns kannst du Fünfe gerade sein lassen" wirbt. Ich dachte sofort, dass das ein Codewort für dieses seltsame Institut ist. War es aber nicht. Ich winkte dem Fahrer des ersten Taxis in der Schlange zu. Er begrüßte mich mit den Worten:

„Wo du wolle?"

Ich antwortete der Wahrheit entsprechend.

„Wenn ich das wüsste…"

Woraufhin er sagte:

„Wo du konkret wolle?"

„Ich möchte zum Institut für forensische Mathematik in die Professor Dr. Dr. Waltraud Hicksner-Paleo-Straße 15." Der Taxifahrer nickte. Er kannte die Adresse offenbar.

„Ich kenne Institut. Nicht weit von hier."

Ich wollte gerade einsteigen, als er sagte:

„Dem geht so nicht. Erst ein- oder dreimal rückwärts um dem Auto gehen, dann hinten rechts mit linke Fuß zuerst einsteigen."

Zu außergewöhnlichen Instituten gehören wohl auch außergewöhnliche Rituale.

„Wieso soll ich rückwärts um Ihr Auto gehen, bevor ich einsteige?"

Er zuckte mit den Schultern.

„Sonst ich darf nicht auf Gelände von Institut fahren. Ist verboten. Sind seltsame Menschen dort."

Ich atmete tief ein und aus. Was tut man nicht alles für die Wissenschaft. Also lief ich dreimal rückwärts um das Auto, öffnete die rechte hintere Tür und stieg mit dem linken Fuß zuerst ein. Weil ich rückwärts lief, konnte ich genau die Blicke der anderen Taxifahrer sehen. Sie tuschelten und jeder wusste nun, wohin ich verbracht werden würde. Der Fahrer startete den Motor und nach kaum drei Minuten Fahrt waren wir da. Das Taxi hielt vor einem grauen, vierstöckigen Gebäude. Ich berichtige mich: Grau, hässlich und *ohne* Fenster. Immerhin verdeckten ein paar Bäume die unteren beiden Etagen. Vor meinem geistigen Auge sah ich alte Männer mit langen Bärten bei Kerzenschein schwierigste Rechenoperationen per Rechenschieber durchführen.

„Muss ich beim Aussteigen irgendwas beachten?"

Der Taxifahrer schüttelte den Kopf.

„Wolle wirklich hier aussteigen? Das sind seltsame Leute."

„Das ist mir schon klar."

Ich zahlte, stieg aus, ohne mich zu drehen oder rückwärts zu bewegen und trat durch ein gusseisernes Tor. Das Taxi verschwand mit quietschenden Reifen in einer Staubwolke. Offenbar meinte der Fahrer die Aussage mit den seltsamen Leuten sehr ernst.

„Guten Tag. Armab ist mein Name."

Ein sehr kleiner und sehr weißhaariger Mann war, scheinbar aus dem Nichts kommend, direkt vor mir aufgetaucht. Wahrscheinlich hatte er sich außerhalb meines Blickfeldes rückwärtsgehend genähert.

„Herr Professor Walter-Armab, guten Tag. Vielen Dank für die Einladung."

„Ich danke Ihnen für die schnelle Zusage. Wir sind sehr gespannt auf Ihren Vortrag."

Er blickte mich nachdenklich an und strich sich dabei durch den Bart.

„Sie haben sich sehr verändert. Sie sind jünger geworden…" Dieser Wiederspruch schien ihm nicht weiter zu bekümmern.

„Sind sie gut hergekommen?

„Ja. Ich meine, die Anreise war..."

Er blickt mich neugierig an.

„Ja?"

„Ihre Anfahrtsbeschreibung, also ich habe mich genau daran gehalten. Wort für Wort, ja und ich frage mich, was hat es auf sich mit dem rückwärtsgehen, hinten rechts einsteigen…"

Er lächelt mich milde an. Offenbar haben vor mir schon mehrere verdutzte Menschen diese Frage gestellt.

„Ja, wissen Sie, das hat ein Kollege vor ein paar Jahren eingeführt. Er ist mal so ins Institut angereist und hatte auf dem Weg einige Einfälle, die sich als geniale Modelle zur forensisch-mathematischen Erklärung der Welt herausstellten."

Forensisch-mathematischen Erklärung der Welt? Ich brauche mehr Details…

„Aha. Aber wieso ist er auf diese Weise angereist? Das ist schon etwas ungewöhnlich."

„Das stimmt natürlich. Der Kollege hatte vorher bei der Spurensicherung eines Morddeliktes im Physikermilieu mit Backpulver gearbeitet. Später stellte es sich heraus, dass dieses Backpulver auch geraucht werden kann und dann halluzinogene Wirkungen haben kann."

Meint er wirklich Backpulver?

„Wie ist ihr Kollege denn an dieses spezielle Backpulver geraten? Ich vermute im Einzelhandel ist so was nicht so ohne Weiteres zu bekommen?"

„Das stimmt sicherlich. Zumindest nehme ich das an. Ich gehe selten einkaufen. Genauer gesagt, nie. Meine Frau erledigt das. Nun denn, der geschätzte Kollege hat dieses Backpulver von einem anderen Kollegen aus Moskau, während einer Tagung in Amsterdam, geschenkt bekommen."

„Verstehe."

Er nickte. Von mir produzierte Backwaren lösen ja eher Völlegefühle als Halluzinationen aus.

„Letztendlich haben seine, sagen wir, Eingebungen zum Standardwerk der forensischen Mathematik geführt: *Primzahlen des Todes - Ein Überblick über die Forensische Mathematik*. Das kennen sie doch mit Sicherheit? Zumindest den Titel?"

„Na klar. Ich backe ja selber gerne."

Er nickte wieder und lächelte mich fröhlich an. Hier bewege ich mich auf Neuland. Das ist klar. Also bloß nicht zu viele Fragen stellen. Wir gingen gemächlich durch eine breite Glastür in das Gebäude. Auf dem Weg dahin fiel mir wieder ein bzw. auf, dass es außer der verglasten Front im Eingangsbereich gar keine Fenster in dem Gebäude gibt. Ich platzte schier vor Neugier.

„Warum haben Sie denn hier keine Fenster?"

„Das Gebäude hat die Stadt ursprünglich mal als Bunker für den Bürgermeister und die Stadtverwaltung im Falle von Krisen und Naturkatastrophen geplant. Weil der unterirdische Bau die Stadt zu teuer gekommen wäre und man beim Bau festgestellt hat, dass sich eine sehr ergiebige Wasserquelle direkt unterhalb des Gebäudes befindet, hat man ihn oberirdisch gebaut. Ohne Fenster, dafür gibt es ein recht gefälliges Schwimmbad im Erdgeschoss."

Keine Fenster, dafür ein Schwimmbad im Erdgeschoss. Toller Deal. Wer arbeitet an so einem Ort freiwillig? Leute, die unsachgemäß mit Backpulver hantieren und mehrmals rückwärts um Taxis laufen, bevor sie endlich einsteigen. Und dann mal so eben locker-flockig das Standardwerk ihrer wissenschaftlichen Disziplin schreiben. Ist das eine Verkettung schwieriger Problemfälle mit hohem Output oder kompletter Wahnsinn in Reinkultur? Faszinierend ist es allemal.

Wir gingen direkt zum Hörsaal des Institutes. Wobei direkt eine kleine Wanderung durch menschenleere Flure und Treppen rauf- und Treppen runter meint. Der Saal des Instituts war voll proppenvoll. Ich bekam einen Sitzplatz in der ersten Reihe zugewiesen. Der Abend begann mit einer kurzen Begrüßung der Anwesenden durch den Leiter des Instituts, Professor Walter-Armab. Dann kündigte er mich an. „Meine Damen und Herren, wir haben heute Herren Dr. Richard Schwarzmehr zu Gast. Seit vielen Jahren kümmert er sich um die Gefahren durch Fabelwesen im Straßenverkehr und wird uns seine neuesten Erkenntnisse mitteilen."

Er nickte mir zu und ich begann meinen Vortrag mit den Statistiken über die Unfälle mit Einhörnern in Köln.

„Meine Damen und Herren, dieses Jahr kam genau ein Einhorn im Kölner Straßenverkehr um. Die 40 Jahre davor kein einziges. Jedenfalls wurde kein Unfall dokumentiert. Im Vergleich zu allen anderen Verkehrsteilnehmern ist diese Unfallrate gering, erstaunlich gering. Warum ist das so?" Die Erklärung, warum das so ist, dauerte genau 45 Minuten. Die wesentlichen Punkte sind hier kurz zusammengefasst:

1. Fabelwesen kommen im Kölner Straßenverkehr so gut wie nicht vor.

2. Bildungsferne PS-Trottel schon eher.

3. Also gibt es leider häufig folgenreiche Autorennen in der Innenstadt, aber insgesamt (fast) keine verunglückte Einhörner.

Das Publikum war sehr aufmerksam. Viele Leute machten sich Notizen. Am Schluss fragte ich die obligatorische Frage: „Gibt es Fragen?"

Ja, die gab es. Hier ein paar Beispiele:

„Haben Sie den Vortrag mit Bleistift oder Kugelschreiber geschrieben? Sind Sie Links- oder Rechtshänder?"

„Woher wissen Sie, dass der Zusammenstoß mit dem Bus wirklich die Todesursache des Einhorns war? Warum gab es keine Obduktion?"

„Hatten Sie eine Uhr an, als der Unfall passierte? Wenn ja, war diese Uhr geeicht und waren die Zeitangaben somit verlässlich?"

Das sind doch mal ungewöhnliche Fragen eines interessierten Publikums. Das ist in diesem Umfeld aber nicht verwunderlich. Ich tat, was ich konnte und versuchte ernsthaft zu bleiben und auch so zu antworten. Dann gab es Applaus und ich war erlöst.

Es folgte der Höhepunkt des Abends, der Vortrag des Institutsleiters. Er hielt sich gar nicht mit Nebensächlichkeiten auf, sondern stieg direkt mit einer steilen These in die Materie ein.

„Meinen Damen und Herren, Statistiker des Instituts haben errechnet, das Neugeborene mit dem Geburtsdatum 12.03.2018 und später mit hoher Wahrscheinlichkeit die Fertigstellung des Berliner Flughafens bzw. die Nutzung des dann umgebauten Gebäudes für einen anderen Zweck erleben werden."

Ein Raunen ging durch den Saal. Der Professor lächelte, er war zufrieden über die Reaktion. Dann erläuterte er im Detail die Herleitung dieser sensationellen Nachricht. Nach einer halben Stunde war die Tafel komplett vollgeschrieben. Zahlen, Formeln, Hieroglyphen. Es war sehr ruhig im Saal geworden, nur ab und zu war das Schnarchen eines Zuhörers zu hören.

Ich blickte in das Programmheft des Abends. Dort war die Vita des Institutsleiters abgedruckt. Demnach hatte er Physik, Mathematik und inverse Gestaltwandlung in Bielefeld und New York studiert und dann mehrere Jahre im Ministry of Silly Walks in London gearbeitet, bevor er 1987 den Ruf an das neugegründete Institut in Köln bekommen hatte. Er hatte das neue Standardwerk der forensischen Mathematik geschrieben: *Primzahlen des Todes Teil 2. Ein Überblick von unten.* Kritiker bescheinigtem ihm, das bis auf wenige, wirklich unvermeidbare Ausnahmen, alle Zahlen in diesem Buch ungerade wären. Offenbar waren gerade Zahlen irgendwie gefährlich. Im Treppenhaus waren die Etagen mit 1,3,5 und *Viele* beschildert. Der Hörsaal war auch in der Etage „Viele". Wie es schien, war er ein paar Jahre lang die einzige Person, die hier arbeitete. In einem Gebäude ohne Fenster. Wahrscheinlich kommt man dann auch auf solche Ideen, wie die, immer um alles rückwärts drum herum zu gehen. Ich überlegte, ob die sanitären Anlagen auch für Rückwärtsgeher ausgerichtet waren, kam aber zu keinem Ergebnis. Irgendwann nickte ich weg, wachte aber rechtzeitig zum wichtigsten Punkt des Vortrages wieder auf. Ich zitiere erneut den Vortragenden: „Ich komme zu letzten Punkt meines Vortrages. Dieser ist etwas ungewöhnlich. Es geht um Fußball."

Erneut ging ein Raunen durch das Publikum. Fußball? Ich sprach leise meinen Sitznachbarn an, einen älteren Herren mit langem weißem Bart.

„Sagen Sie, Fußball ist als Thema hier bestimmt doch eher ungewöhnlich. Warum wird über so was hier am Institut für forensische Mathematik geforscht?"

Der ältere Herr lächelt mich milde an.

„Junger Mann, das ist doch logisch. Wenn ein Verein oft verliert, steigt er ab. Oft liegt es an den ungeraden

Ergebnissen. Und mit dem Abstieg werden vorzeitig die Hoffnungen von vielen Menschen begraben. Diesem Thema müssen wir uns also wissenschaftlich annehmen und die Ursachen zum Tatzeitpunkt, also den Spieltagen, genauestens betrachten."

Ach so. Das ist nachvollziehbar. Ich hätte es vielleicht anders ausgedrückt, aber ok. Professor Armab war jetzt sichtbar in seinem Element. Er ging rückwärts um das Rednerpult und redete dabei fröhlich vor sich hin.

„Wie Sie wissen, steht es um den örtlichen Fußballverein nicht gut. Die Verantwortlichen haben mich gebeten, ihnen etwas Hilfestellung im Kampf gegen den Abstieg zu geben. Aktuell hat der Verein 20 Punkte und sieben Spiele stehen noch aus. Nun, ich sage es mit Stolz: Es ist mir gelungen, die optimale Mannschaftszusammensetzung zu berechnen, um dem Abstieg zu entgehen und sogar noch einen Platz im Europapokal zu ergattern." Schlagartig wurde auch der Letzte im Saal wieder wach. Einige schienen sogar die Luft anzuhalten. Ich glaube, es waren die Vorstandmitglieder eines Kölner Fußballvereins.

Moment mal, wenn ich mich richtig entsinne, stehen noch sieben Spiele in dieser Saison aus. Also kann eine gute, eine sehr gute Mannschaft noch 21 Punkte ergattern. 20 plus 21 ist 41. Das ist vielleicht genug um nicht abzusteigen, aber nicht genug für Europa. Der Tabellensechste hat nämlich aktuell schon 43 Punkte. Dann legte der Professor wieder los und beschriftete eine der drei Tafeln im Hörsaal. Wieder lange Rechnungen, Formeln und viele Unbekannte. Aber hinter jede Zeile schrieb er einen Namen. Den Namen eines Spielers. Es waren auffallend viele Doppelnamen dabei. Interessant auch, dass in seine Formel zur Berechnung der Mannschaft neben der Schuhgröße der einzelnen Spieler, die Quersumme von der letzten für den Spieler gezahlten Ablösesumme, auch die Anzahl der mit Rechenschiebern, die zu Waffen umfunktioniert wurden, begangenen Überfälle auf Tankstellen im Kölner Norden seit 1967 mit einflossen. Ich fragte mich in diesem Moment, ob Backpulver in großen Mengen und außerhalb von Backwaren eingesetzt, zu bleibenden Schäden und wissenschaftlichen Karrieren führen kann. Ich glaube, der gute Professor hat etwas zu viel von dem besagten Backpulver genascht. Oder das ist eine notwendige Voraussetzung für eine Karriere als mathematisches Forensiker.

Eine weitere halbe Stunde später war er am Ende angelangt. Alle Spieler, die erfolgreich gegen den Abstieg spielen würden, standen an der Tafel. Das Publikum war verblüfft. Ich auch. Insgesamt 12 Namen standen an der Tafel. Der Professor war glücklich und bedankte sich beim Publikum für die Aufmerksamkeit. Es folgte Applaus, der für wissenschaftliche Verhältnisse euphorisch ausfiel.

„Gibt es Fragen?" Viele Arme hoben sich. Die Fragen waren allerdings noch seltsamer als der Vortrag. Diesmal war ich nicht überrascht.

„Herr Professor, Sie haben die Kopfballtore, die durch Berührungen im vorderen rechten Stirnlappenbereich entstanden sind, aus meiner Sicht nicht ausreichend berücksichtigt." Fast eine Stunde wurden diese und ähnliche Fragen sehr ernsthaft diskutiert. Dann hielt ich es nicht mehr aus und hob den Arm.

„Herr Professor, warum stehen da 12 Namen? Eine Fußballmannschaft darf doch nur elf Spieler auf einmal dem Platz haben? Oder sehe ich das falsch?" Ich bemerkte sofort, dass mich die Wissenschaftler im Publikum anschauten, als ob ich nicht ganz dicht wäre. Der Professor nickte, dreht sich um und blickte an die Tafel.

„Das stimmt natürlich. Aber die Vorgabe war ja, eine Mannschaft zu errechnen, die nicht absteigt. Und dafür brauchen sie mindestens diese 12 Spieler. Wenn sie nur mit 11, oder weniger Spielern spielen, ist der Abstieg garantiert. Weil kleiner-gleich 11 gleich Abstieg. Das sehen Sie ja an der Formel. Sonst würde es ja keinen Sinn machen." Aha. „Ach so. Vielen Dank." Er lächelte mich väterlich an. Sofort hatte ich das Gefühl, das das fachkundige Publikum über mich tuschelte. Vermutlich hatte ich mich gerade als Laie enttarnt. Die Fragestunde ging noch weiter, aber mein Bedarf war gedeckt. Ich stand unauffällig auf und tat so, als ob ich mal dringend die Rest Rooms rückwärts aufsuchen müsste. Kaum war ich im Treppenhaus angelangt, beschleunigte ich den Schritt in Richtung Ausgang und rief ein Taxi. Als die Tür des Instituts hinter mir zufiel, war ich erleichtert. Das Taxi wartete sogar schon auf mich. Es war der gleiche Taxifahrer, der mich auch hergebracht hatte. Ich stieg vorne ein, auf den Beifahrersitz. Der Fahrer grinste mich an.

„Wo du jetzt wolle?"

„Innenstadt bitte, zum Rudolfplatz. Ohne Umwege."

Unerforschte Gebiete und der Duft nach feuchtem Hund

Es gibt wenig unerforschte Gebiete. Nein, das ist nicht korrekt. Es gibt viele unerforschte Gebiete. Ein Großteil der Weltmeere ist unerforscht. Man weiß nur, dass da draußen ein paar tausend unbekannte Tierarten leben und noch viel mehr Plastikmüll rumschwimmt. Die meisten der unbekannten Tierarten werden aussterben, bevor sie entdeckt werden können. Das Plastik vermehrt sich hingegen ungebremst. Aber zurück zu den unerforschten Gebieten. Dazu gehören die der Erde abgewandte dunkle Seite des Mondes und die unerforschtesten Gebiete überhaupt: Die abgewandte Seite des Weihnachtsbaumes. Da, wo sich nur sehr selten eine Weihnachtsbaumkugel im freien Fall hin verirrt und keine Lichterkette die nicht vorhandenen Blätter des Nadelbaumes erleuchtet. Früher wurde der Weihnachtsbaum beim Schmücken gedreht, damit alle Äste gleichmäßig mit Lametta behangen werden konnten und gleichmäßig mit Blei vergiftet wurden. Das ist lange vorbei. Seit das gute Bleilametta verboten ist, werden Nadelbäume nur noch im sichtbaren Bereich geschmückt. Deshalb stehen viele Weihnachtsbäume auch so schief und nadeln sehr ungleichmäßig. Darüber habe ich mir früher nie Gedanken gemacht. Aber während ich hier auf diesem bequemen Sofa sitze, den Duft des leckeren Kaffees inhaliere und durch die Scheiben des Cafés auf das Meer schaue, kommen mir alle möglichen ungewöhnlichen Gedanken in den Sinn. Eigentlich kommen mir diese Gedanken erst, seit ich vor einer halben Stunde diese Frikandel mit Pommes und Mayonnaise gegessen habe. Frikandel, das ist Resteverwertung auf die geschmacklich übelste Art. Seit es holländische Frikandeln gibt, gibt es auch belgisches Bier um den Geschmack des frittierten Resteschwengels zu übertünchen. Deshalb raten Mediziner vom Genuss von Frikandeln und sonstigem holländischem Essen ab und dem sofortigen Genuss von belgischem Bier zu. Das sei zwar nicht unbedingt gesünder, wirke aber insgesamt deutlich lebensverlängernd.

Ich will aber jetzt keinen Alkohol trinken. Es ist heller Tag und es liegt noch ein mindestens anderthalbstündiger Spaziergang am Strand entlang vor mir und meiner Begleitung. Außerdem merke ich gewisse Umstellungsschwierigkeiten bei mir. Vom Urlaub zur Arbeit und zurück. Gestern hatte ich einen beruflichen Termin in Mailand. Den beruflichen Teil am Vormittag habe ich tiefenentspannt und ohne Anstrengung absolviert. Der Urlaub wirkt nach. Am Nachmittag ging es zu einer Besprechung zu einem Kunden, einen Herrenausstatter. Ohne Nachzudenken habe ich mir im Gespräch genussvoll eine Zigarre angezündet. Da der Rauchmelder direkt über mir hing, ging der Feueralarm los und sämtliche Teilnehmer der Besprechung plus Kunden und sonstige Mitarbeiter flüchteten aus dem Laden. Das ist hier nicht ungewöhnlich, gerade bei Meinungsverschiedenheiten. Die gab es aber gar nicht. Deshalb habe ich bis zum mittleren Abschnitt der Zigarre gebraucht um zu verstehen, was ich angerichtet habe. Als die Feuerwehrleute in Schutzkleidung und mit angelegten Atemschutzmasken den Raum betraten, wusste ich Bescheid. Die Feuerwehrleute waren aber sehr nett. Ein Fehlalarm aufgrund wohlriechendem Zigarrenrauch wäre eine schöne Abwechslung im Feuerwehrmannalltag. Das sagte mir Luigi, der Einsatzleiter und inhalierte dann ohne Atemmaske den Zigarrenrauch im Raum komplett weg. Er erzählte, dass vor ein paar Tagen der Geruch eines Schäferhundes den Feueralarm im Notfallbereich eines Krankenhauses ausgelöst habe. Angeblich. Als sie mit dem Feuerlöschzug eintrafen war die Verwirrung groß. Der Hund roch nach Hund, aber nicht feucht. Also normal. Der Hundebesitzer roch aber wirklich sehr deutlich nach feuchtem Hundefell. Der Hund folgte seinem Herrchen auch nur sehr widerwillig und habe dauernd gewinselt. Für den erfahrenen Brandbekämpfer ein Zeichen, dass der Feuermelder durch den üblen Geruch des vermutlich auf feuchten Hundedecken nächtigenden Hundebesitzers ansprang. Fehlalarme würden eben vorkommen. Immerhin brenne es dann nicht und es gebe keine Gefahr. Zumindest keine durch Feuer. Er nahm noch eine Nase voll Zigarrenqualm und verabschiedete sich dann sehr höflich. So sind sie, die nicht rauchenden Brandbekämpfer.

Jetzt habe ich doch tatsächlich den Geruch von feuchtem Hundefell in der Nase. Vor wenigen Sekunden ist ein Pärchen mit zwei Hunden reingekommen und hat sich am Tisch nebenan niedergelassen. Das Pärchen gegenüber sitzend am Tisch, die Hunde liegend unter dem Tisch. Jetzt wabert der sehr strenge Hundegeruch von rechts und rechts unten zu uns rüber. Und schon gibt mir meine zauberhafte Begleitung durch das Zuhalten ihrer Nase ein Zeichen zum Aufbruch und zur Rückkehr an die frische Seeluft. Besser ist das. Obwohl ich den Gedanken mit der abgewandten Mond- und Weihnachtsbaumseite gerne wieder aufgenommen und fortgeführt hätte. Ich sehe schon die Schlagzeile vor mir:

Erste erfolgreiche Landung auf der
dunklen Seite des Weihnachtsbaumes!

Über den Autor

Olaf Trier, geboren 1974 in Marburg an der Lahn, wohnt seit 2008 in Köln. Beruflich schreibt er Texte aller Art für Menschen, die sich unterhalten lassen wollen und Unternehmen, die nicht innovativ, agil oder trendy sind, sondern einfach gute Arbeit leisten. Dazu beschäftigt er sich intensiv mit der selten gewordenen Kunst des seriösen, nicht datengetriebenen Marketings. Immer wieder bemalt er Leinwände auf kryptische Art und Weise mit Farbe und stellt die bunten Ergebnisse vor unvorbereiteten Vertretern der Menschheit aus. Der Schwerpunkt seiner Tätigkeiten verändert sich im Tagesverlauf stetig.

Unter dem Pseudonym *Entdecker unterwegs* schreibt er seit 2012 über seine gar nicht so alltäglichen Erlebnisse. Im internationalen elektronischen Netz können Menschen aller Hintergründe dem Autor und seinen Aktivitäten folgen, ohne seiner habhaft werden zu können.

www.olaftrier.de

www.entdeckerunterwegs.de

Fundierte Anfragen von Interessenten zur Veranstaltung von Lesungen des Autors können an die Elektropost-Adresse *autor@olaftrier.de* gesandt werden.

Andere Sichtweisen.

Olaf Trier

Zuviel Achtsamkeit mindert die Lebensqualität
Heitere Geschichten für wache Menschen.

Taschenbuch und E-Book
TWENTYSIX
160 Seiten
ISBN: 978-3-740735166

Achtung: Dieses Buch enthält Achtsamkeit nur in geringer homöopathischer Dosierung. Nicht geeignet für harmoniesüchtige Lifestyle Veganer, ironieintolerante Genussabstinenzler und sprachsensible Menschen mit hohem Verlangen nach Harmonie.

Wem der obige Absatz zu lang war, sollte dieses Buch meiden und weiter mit dem Handy spielen.

Die vermutlich sehr feinfühlige Leserschaft dieses Werkes darf sich auf 40 sehr unterhaltsame Geschichten freuen. In diesen sorglos herausgearbeiteten Wortskizzen vereinen sich genaue Beobachtungen für allzu menschliches, eine feinherbe Sprache, sanfter Größenwahn und ein punktuell provokativer Humor auf liebreizende Art und Weise.

Kleine Geschichten, großes Kino.

Olaf Trier

In einer Beziehung ist mir Distanz wichtig.
Geschichten über die wirklich wichtigen Themen unserer Zeit. Garantiert Marktfrisch.

Taschenbuch und E-Book
Books on Demand
160 Seiten
ISBN: 978-3-743194786

Mal geht es um die Freuden und Nöte beim Dating, mal entwickelt sich der Kauf eines Nasenhaartrimmers zum gnadenlosen Duell.

Der Bruch eines Fingernagels bringt Frauen an den Rand ihrer Existenz. Sofern keine kompetente Nageltante zur Hand geht.

Ein mobiler Beziehungstherapeut löst die Beziehungsprobleme seiner Klientinnen durch aktives Zuhören bei geistiger Abwesenheit und mithilfe einiger Proseccos.

Ein Geheimagent gerät unversehens in den Kölner Karneval und wird mit einem knutschenden Eichhörnchen konfrontiert…

„Es darf gelacht werden.
Aber nur ganz kurz.
Ich gucke auf die Uhr!"